Schat in Miëza

Schat

in

Miëza

Irene Hardenbol

Uitgeverij
Sjaloom

Website: www.sjaloom.nl
E-mail: post@sjaloom.nl

Een uitgave van Sjaloom, Postbus 1895, 1000 BW Amsterdam
© 2003 Irene Hardenbol en C.V. Sjaloom en Wildeboer
Omslagillustratie Natascha Stenvert, Groningen
Vormgeving Andrea Scharroo, Amsterdam
Verspreiding voor België Uitgeverij Lannoo, Tielt
ISBN 90 6249 425 0, NUR 284

Als een gymnasiast ooit heeft zitten zuchten
boven een Griekse aoristos,
dan was dat een hellenistische zucht.

Peter Bamm, 1968

Hoofdstuk 1

'Toetje?' vroeg mijn moeder vol verwachting.

Ik schudde van nee en haastte me de kamer uit. Mijn T-shirt was nat van mijn verregende haren. Een rilling gleed langs mijn rug. Kwam dat door de kou of door de blik van mijn moeder? Ik kon haar bezorgde gezicht niet uitstaan. Het maakte me alleen nog ongelukkiger.

In de hal hing ik mijn bezwete hockeykleren over de verwarming en holde naar boven, de badkamer in. Het bad was halfvol toen mijn moeder plotseling binnenkwam. Vlug schoof ik naar voren en sloeg mijn armen om mijn haastig opgetrokken knieën.

'Wat is er toch?' begon ze.

'Hoe bedoel je?' ontweek ik.

'Je doet zo... zo raar de laatste maanden,' beweerde mijn moeder. 'Is er soms iets gebeurd? Op school of...' Ze stokte.

'Wat zou er gebeurd moeten zijn?' vroeg ik uitdagend.

'Iets waar je verdrietig over bent,' opperde mijn moeder zacht.

Dat woord stak me, ergens rond mijn maagstreek. Verdrietig. Wist ik eigenlijk wel wat dat was? Ja, kleine meisjestranen, die herinnerde ik me nog van vroeger. Maar nu huilde ik nooit meer. Ik had ook geen reden om te huilen, vond ik. Tenslotte had ik alles wat ik me maar kon wensen: ik was gezond, had leuke ouders, aardige zussen, ik kon goed leren en we hadden voldoende geld.

En toch stak het woord me. Alsof ik wel verdriet voelde, maar het niet naar buiten kon laten komen. Ik betrapte mezelf er wel eens op dat ik hoopte dat er iets vreselijks zou gebeuren, dat mijn moeder doodging of zo. Misschien omdat ik daarmee het doffe gevoel dat ik de laatste tijd had tenminste zou kunnen rechtvaardigen.

'Waar denk je aan?' ging mijn moeder verder.

Zonder haar aan te kijken haalde ik mijn schouders op.

'Je kunt je niet voor eeuwig blijven verstoppen, Han,' drong mijn moeder aan.

Ik knikte schuldbewust, maar woorden bleven uit. Wat viel er te zeggen? Dat ik me zo leeg voelde de laatste maanden? Dat mijn lijf leek op een holle ruimte waarin elk geluid angstaanjagend werd teruggekaatst en de stilte die erop volgde je naar de keel greep? Wat moest ik, praten of zwijgen? In beide gevallen zat ik opgesloten in mezelf.

Mijn moeder zuchtte. 'Luister, papa en ik...'

'... houden van je,' vulde ik spottend aan. Ik had onmiddellijk spijt van mijn opmerking. Zodra mijn moeder zich uit de voeten had gemaakt, gleed ik kopje-onder en wenste dat ik dood was.

Als vanzelf begon ik toch weer te ademen. Slaperig van het hete water en het sporten ging ik met mijn handen langs mijn flanken en dijen. Ze waren alweer smaller geworden, constateerde ik vol trots. Mijn lange, dunne benen pasten al lang niet meer in bad. Ze torenden uit boven het water, net als de twee spitse borsten die ik maar niet mooi kon vinden.

Mijn gedachten dreven naar Mink, met wie ik zo'n tijd bevriend was geweest. Jarenlang hadden we naast elkaar in de klas gezeten, onze geheimen gedeeld, gekletst over van alles en nog wat, gegiecheld als kakelende kippen, elkaar thuis opgezocht, elkaars huiswerk overgeschreven, elkaars kleren geleend, in de pauze onze boterhammen geruild en we waren gek geweest op dezelfde jongens.

En toen ineens was het over. Plotseling leken onze gesprekken te verzuipen in een onstuimige zee van onbekende gevoelens. Ik luisterde niet meer naar wat ze zei, zag alleen haar lippen bewegen. Ondertussen vroeg ik mezelf wanhopig af wat er nou eigenlijk was gebeurd.

Dat weekeinde – het schooljaar was net begonnen – zouden we uitgaan. Niks bijzonders, wat kletsen samen, beetje dansen, iets lekkers drinken. Daarna zou ik bij Mink blijven slapen. Ook niks bijzonders, hadden we al zo vaak gedaan. Maar tijdens het dansen voelde ik me anders dan andere keren. Was het het laag uitgesneden truitje dat ze droeg? Of de spijkerbroek die net iets te strak om haar heupen zat? Nog nooit had ik dit gevoeld, tenminste niet bij haar, nooit bij haar. En ik wilde het ook niet voelen. Toch kon ik mijn ogen niet meer afhouden van haar truitje. Ik hunkerde om de borsten aan te raken die ik al zo dikwijls had gezien, alleen niet op deze manier.

Mink lachte naar me en dat was nog het ergste. Ze lachte naar me alsof ze begreep wat ik wilde, wat ik zocht. Maar ze mocht zo niet lachen, ze was tenslotte mijn vriendin. Was ze nou een jongen geweest, ach, die dingen gebeuren, zou mijn vader zeggen. Maar dit mocht niet gebeuren en ik probeerde me er uit alle macht tegen te verzetten.

Ik overwoog naar huis te gaan, maar ging toch met haar mee. Zwijgend kleedde ik me uit, met mijn rug naar haar toe, en kroop in het logeerbed dat naast het hare stond. De stilte was beklemmend. Ik had een warm, kloppend gevoel tussen mijn liezen. Mijn lippen zeiden 'Welterusten', maar ik deed de hele nacht geen oog dicht.

Sinds die bewuste avond was alles anders. Minks tedere knipogen in de klas kon ik nauwelijks verdragen. Uiteindelijk zocht ik zelfs een andere plaats. Mink trok steeds vaker op met andere meiden. Ik bleef meer en meer alleen.

In het begin piekerde ik me nog suf over wat ik verkeerd had gedaan. Hád ik eigenlijk wel iets gedaan? Het waren toch louter gedachten geweest, beelden in mijn geest, verlangens die zich aan me hadden opgedrongen, maar waaraan ik niet had toegegeven. Dat zelfs gedachten in staat bleken om de wereld om je heen te veranderen, vond ik schokkend, bijna nog schokkender dan het verlies van mijn beste vriendin.

Gelukkig werd ik gaandeweg een kei in het vergeten.

Zonder dat ik er zelf iets aan leek te kunnen doen, begon ik mijn gedachten aan Mink – of waren het de gevoelens die erbij hoorden? – te vervangen door nutteloze frasen over eten. *Vandaag heb ik twee boterhammen op, een beschuit en een kop thee zonder suiker.* Of: *Vanavond heb ik mijn toetje laten staan, joepie.* En dan waren die andere, die moeilijke gedachten zo verdwenen.

Toch, op schaarse momenten zoals deze, miste ik Mink. Alleen God en zijzelf wisten wat Mink nog voor mij voelde en of zij nog wel eens aan mij dacht, maar ze zwegen beiden als het graf. En ik? Wat deed ik? Ik begroef me op mijn kamer, in stapels Griekse oorlogen. Wat moest je ook, met zulke borsten!

Ik hees me uit bad en trok me met een pot thee terug op mijn kamer. Opgerold in een deken las ik, om de buitenwereld te vergeten en me te koesteren in het laatste restje glans over een verder verroest bestaan.

Ik was bijna aan het eind van een nieuw boek, dat ik had gekocht van mijn zakgeld. Het was pas verschenen en beschreef het leven van Alexander de Grote en zijn overwinningstocht naar Perzië. Hoewel ik al veel boeken had gelezen over het Oude Griekenland, was ik de laatste tijd volkomen in de ban van deze Macedoniër, die volgens de legende afstamde van de oppergod Zeus. Nadat ik al het beschikbare materiaal over hem van de bibliotheek had geleend, was ik op zoek gegaan in de boekwinkel.

Voor de zoveelste keer reisde ik in gedachten met Alexander mee, vanuit zijn hoofdstad Pella naar Troje, waar hij offers bracht aan zijn grote held Achilles. Na een eerste veldslag tegen de Perzen rukte hij met zijn leger op langs de kust van Klein-Azië en bevrijdde er de Griekse steden. Een tweede gevecht tegen de Perzische koning Darius III volgde. De Perzen vluchtten en Alexander trok verder naar Egypte, waar hij tot farao werd gekroond. De derde en definitieve slag tegen het veel grotere Perzische leger vond plaats bij

Gaugamela, in het huidige Irak. Kort daarop trok Alexander als overwinnaar Babylon binnen. In de jaren die volgden veroverde hij de rest van het Perzische Rijk tot in India.

Af en toe onderbrak ik het verhaal en droomde weg. Ik probeerde me voor te stellen wat voor iemand Alexander was geweest, ook al besefte ik dat dat niet eenvoudig was na zo veel eeuwen. Een heel bijzonder iemand was hij toch in elk geval geweest, hoogbegaafd waarschijnlijk, omdat hij erin was geslaagd om zo veel mensen voor zich te winnen en met ingenieuze strategische plannen het machtige Perzische leger te verslaan. Andere eigenschappen die me aanspraken waren zijn wilskracht en doorzettingsvermogen om zijn doel te bereiken en daar ook offers voor te brengen, zoals weinig slapen, sober eten en het afleggen van lange dagmarsen.

Zo groot was mijn bewondering voor hem dat ik stiekem deed alsof ik de Baktrische prinses Roxane was, de geliefde van Alexander de Grote. Ik waande me in een paleis in het huidige Oezbekistan, waar ik wachtte op de prins aan wie ik zou worden uitgehuwelijkt. Op een dag werd het paleis aangevallen door een vreemde koning, die inmiddels een groot deel van het Perzische Rijk in handen had. Mijn vader vocht wat hij kon, maar moest zich ten slotte gewonnen geven. Doodsbang was ik voor wat er met mij en mijn familie zou gebeuren, maar deze Alexander van Macedonië, met zijn donkerblonde krullen, bleek juist zeer voorkomend te zijn. Hij had respect voor onze cultuur en onze goden en mijn vader mocht zelfs aanblijven als bestuurder.

Sabbelend op mijn vingers stelde ik me voor hoe Alexander mij kuste en precies zei wat ik wilde horen. Hij stond in geen verhouding tot de jongens die ik kende. Hij was een geliefde die nooit onhandig stuntelde, nooit op je tenen trapte tijdens dansles en het vooral nooit uitmaakte met een flauw smoesje.

Er werd op de deur geklopt. Met een schok keerde ik terug in de werkelijkheid. Jet, mijn zusje van veertien, stommelde de kamer binnen.

'Doe jij wel eens wat anders dan lezen?' vroeg ze terecht. Zonder op antwoord te wachten deed ze mijn klerenkast open. 'Mag ik jouw zwarte broek aan, alsjeblieft?' smeekte ze.

'Pak maar,' zei ik spontaan. 'Hij is me toch te groot.'

Jet grijnsde. Zij was de enige in huis die zich geen zorgen over mij leek te maken. 'Mag ik dan ook die groene, met die knopen? Ik bedoel... lenen? Tot jij weer, je weet wel, wat groter bent gegroeid?'

Ik moest lachen om haar naïeve spot. Jet was een van de weinige mensen op wie ik niet kwaad kon worden, al haalde ze mijn hele klerenkast leeg.

'Trouwens,' besloot Jet, voordat ze de kamer weer verliet, 'ik heb nog wel een paar broeken die mij te klein zijn. Als je wilt...'

Nu werd het me toch te gortig. Slechts ternauwernood miste mijn pantoffel doel. Hij kwakte tegen de deur en viel levenloos neer.

Ik zuchtte en had het gevoel dat ik de hele wereld buiten de deur had gezet. Ik wilde met mijn kop tegen de muur bonken en nog eens en nog eens en telkens weer. Weg wilde ik, weg uit dit afschuwelijke lichaam.

'Hé, Han!' brulde een stem vanuit de garderobe.

Ik draaide me om en zag Peters blonde kuif zich een weg banen langs jassen en kapstokken. Als vanzelf veranderde mijn mond in een glimlach, maar vanbinnen lachte het niet. Mijn lippen vormden een groet, maar deze vond geen weerklank in mijn binnenste. Zelfs mijn hand ging de lucht in, maar het gebaar was stijf, alsof iemand buiten mij daarvoor het sein had gegeven.

Dit feit, dat ik steeds vaker reageerde op situaties zonder dat ik daar zelf iets over te zeggen leek te hebben, noemde ik de verdraaiing van de wereld. Alsof iedereen ondersteboven liep, wat natuurlijk niet zo was. Op school ervaarde ik dit het sterkst, misschien omdat ik me daar het meest een houding moest aanmeten. Ik was al jaren klassenvertegenwoordiger en lid van de leerlingenraad. Klasgenoten en leraren hadden een bepaald beeld van me dat ik graag in stand wilde houden. De afstand tussen hen en mij werd echter steeds groter en dat beangstigde me enorm. Langzaam voelde ik me wegglippen, als in een moeras. Ik kende niemand. Niemand kende mij, althans niet zoals ik werkelijk was. En het vreselijkst van alles was dat ik ook mezelf steeds minder herkende.

'Ga je zaterdag mee naar de *Zaal*?' vroeg Peter, zodra hij me had ingehaald. 'Er treedt een hartstikke gave band op.'

'Ik weet het niet,' zei ik aarzelend en hees mijn tas hoger op mijn heup. Hoewel de loodzware boeken me bijna uit evenwicht trokken, vormden ze mijn laatste houvast. 'Waarschijnlijk niet,' besloot ik toen zonder reden.

'Je gaat bijna nooit meer uit,' zei Peter. 'Jammer.'

De directheid van zijn opmerking deed me blozen. Hij had gelijk. Ik was veranderd en niet alleen met uitgaan. Het kleine beetje *ik* dat ik af en toe nog liet zien, leek met de dag kleiner te worden, alsof een traagdodend gif het langzaam deed oplossen, totdat er van mij niets meer zou overblijven dan een lege huls, met om me heen natuurlijk stapels boeken. Ik gluurde opzij. Peter had het niet in de gaten, althans dat hoopte ik vurig. Voor alle zekerheid lachte ik nog eens naar hem met mijn oude lach, om hem af te leiden. Hij trapte erin en gaf me een vriendschappelijke klap op mijn schouder.

In de grote hal zochten we klasgenoten op en wachtten op de eerste bel. De dag begon goed, twee uur meneer Sjo. Ik verheugde me erop en haalde mijn vertaling alvast uit mijn tas. 'Heb jij het af?' vroeg Peter, met een begerige blik naar mijn schrift. Ik gaf het hem.

'Heb je dan wel eens meegemaakt dat ze het niet afhad?' beet Carrie in onze richting.

Opmerkingen over mijn leerprestaties, met name die bij Oudgrieks, konden mij nog het minst raken. Het was zelfs zo dat de lessen van meneer Sjo me tot nu toe door de ergste perioden heen hadden geholpen. Waar andere meiden opgewonden raakten van een knappe jongen uit vijf-havo, haalde ik mijn voldoening uit het vertalen van Homeros' *Ilias*. De bladzijden staarden mij niet aan zoals ze anderen vaak deden. Daar waar de woorden mij leken toe te roepen, deden ze anderen verveeld op hun horloge kijken.

In de verte zag ik Mink. Het kloppende gevoel was helemaal over. Ik hield mezelf voor dat elk gevoel voor haar over was; ze was gewoon iemand die hier ook les had. Toch kreeg ik een kleur. Kennelijk zag ze mij kijken, want ze stak vluchtig haar hand naar me op. Als vanzelf zwaaide ik terug, terwijl ik misschien liever iets anders had willen doen. Was het schreeuwen? Of juist heel hard weglopen? Mijn ik was weer iets kleiner geworden. De verdraaiing sterker.

Ik liet mijn hand zakken en voelde me grijs, net als mijn naam. Ik ging vast op weg naar het lokaal. Of moet ik zeggen: wij? Mijn uiterlijke ik en mijn innerlijke ik. En niemand die het verschil in de gaten had, omdat we nu eenmaal dezelfde naam droegen. Ik vroeg me af of anderen hetzelfde doormaakten als ik, maar ik had het lef niet om ernaar te vragen.

Met zijn aanwijsstokje tikte meneer Sjo op zijn bureau en vroeg om stilte. 'Ik heb voor jullie een buitengewoon interessante mededeling,' begon hij met zijn prettige vertelstem. 'Zoals jullie weten maken de leerlingen van vijf-vwo elk jaar een studiereis naar een Europese hoofdstad. Tot nu toe was de keuze beperkt tot Londen, Parijs en Rome. Gisteren heeft het schoolbestuur echter besloten hier een vierde stad aan toe te voegen.' Meneer Sjo hield een moment zijn adem in en keek de klas in om de spanning op te voeren.

Ik rechtte mijn rug terwijl een stille hoop in me oplaaide. 'Athene,' fluisterde ik harder dan de bedoeling was.

'Inderdaad,' bevestigde meneer Sjo, met een hoofdknik in mijn richting. Een glimlach kon hij nauwelijks onderdrukken. 'Iedereen die Oudgrieks in zijn pakket heeft kan nu kiezen voor een reis naar Athene.'

Er barstte een gejuich los in de klas, waaraan ikzelf niet meedeed. Iemand stootte me aan, maar als in trance staarde ik voor me uit. Athene, ging er door me heen. Athene, mijn stad! Waar ik al zo veel over had gelezen, gefantaseerd, gedroomd. De Akropolis, het Parthenon, het archeologisch museum, het stadion, het Zappheion, de wisseling van de wacht. Ik wist het allemaal en nu zou ik het eindelijk met eigen ogen kunnen zien!

Zelfs tijdens het nakijken van de vertaling kon ik het nog niet geloven. Voor het eerst drongen Xenophons woorden niet tot me door, lieten zijn woorden over de oorlog tussen Grieken en Perzen me even koud, zo verbluft was ik door het idee dat ik naar Griekenland zou gaan.

Als ik het al moeilijk vond om stil te zitten, na de les van meneer Sjo was ik helemáál onrustig. In de pauze wandelde ik als verdwaasd over het schoolplein, terwijl anderen in de kantine koffiedronken. Was ik dan niet blij? vroeg ik me af. O jawel, alleen al met de gedachte dat ik zou gaan, was ik zielsgelukkig. Maar samen met deze blijdschap was een misselijkmakende angst komen opzetten. Allerlei vragen spookten door mijn hoofd. Onzinnige vragen, wist ik, waar ik me diep voor schaamde en die tegelijkertijd van essentieel belang voor me waren. Want hoe zou het gaan met eten? Het idee dat ik samen met mijn klasgenoten drie keer per dag moest eten, zette zich vast in mijn keel als een dikke prop die alles tegenhield. Alsof ik daarmee de goden gunstig kon stemmen, gooide ik mijn boterhammen alvast in de prullenbak.

Het werkte. Voor korte tijd zakte de angst en had het blije gevoel weer de overhand. Ik ging naar de kantine en schoof bij de rest aan tafel, die al druk plannen zat te maken voor onze reis.

Tijdens de wiskundeles kon ik mijn aandacht er slecht bij houden. Naarmate ik minder at en gewicht verloor, leek ook mijn concentratievermogen af te nemen. Mijn gedachten dwaalden af naar binnen, waar ze samenbalden tot een gedicht. Ik krabbelde de woorden op een briefje:

Ben je ooit haast vermoord
door het monster angst
dat je verlamt en remt?
Zeg me het antwoord
wanneer was je het bangst
en hoe heb je het beest getemd?

Ik staarde naar de woorden en een titel schoot me zomaar te binnen. *Angsthoos* heette het, en ondanks de inhoud, die me rillingen bezorgde, vond ik het een mooi gedicht. In elk geval raakte het nog het meest aan hoe ik me werkelijk voelde. Misschien, bedacht ik, kun je je beter rot voelen dan leven in een mist van schijnbewegingen die je toch niet meent.

'Wat ben jij aan het doen?' bulderde plotseling een stem in mijn oor. Voordat ik er erg in had, was de leraar naast me komen staan en had een blik geworpen op mijn briefje.

'Zo,' zei hij sarcastisch. 'Dichterlijke ambities, hè?' Ik legde een beschermende arm over mijn werk. 'Misschien maar het beste,' concludeerde de leraar terwijl hij weer naar voren liep. 'Je wiskunde is niet veel soeps de laatste tijd.'

Het voorval bij wiskunde maakte de toestand er niet beter op. Tot overmaat van ramp deed mijn zus Freek, die ruim een jaar ouder was dan ik en dit jaar eindexamen zou doen, er die avond nog een schepje bovenop. We waren met het hele gezin op het verjaardagsfeest van de buurvrouw. Ik weigerde, zoals meestal de laatste tijd, de taart. De buurvrouw, een weduwe van in de tachtig, een schat van een mens maar behoorlijk rigide in wat wel en niet hoort, bleef echter aandringen. Om van haar af te zijn schepte ik ten slotte een punt op mijn lege gebaksbordje.

Onder het wakende oog van de buurvrouw begon ik de taart langzaam naar binnen te werken. 'Ik hoef niet meer,' mompelde ik na een hapje of zes. 'We hebben net pizza gegeten.'

'De helft van jouw pizza lag anders in de pedaalemmer,'

beweerde Freek in ieders bijzijn. 'Heb ik zelf gezien.'

Ik had natuurlijk geen weerwoord en deed ook geen poging er een te bedenken.

De rest van de avond liep ik gespannen op en neer door mijn kamer. Hoe heb ik me zo in de nesten gewerkt? vroeg ik me onophoudelijk af. Was ik soms behekst, betoverd, bezeten? Had ik misschien een erge ziekte, was ik niet goed bij mijn hoofd en was ik voorgoed verloren?

Die maand had ik geen menstruatie.

Hoofdstuk 2

De nachten voor ons vertrek sliep ik nauwelijks. En toen het eindelijk zo ver was, had ik zwarte kringen onder mijn ogen. Mijn vader bracht me naar school, waar de bus ons kwam ophalen.

'Gaat Mink ook mee?' vroeg hij onderweg.

'Nee, die gaat naar Rome, geloof ik.' Ik deed mijn best om onverschillig te klinken. Mijn vader hoefde niet te weten dat ik blij was dat ze niet meeging naar Athene.

'Ik heb haar al een tijd niet meer gezien. Hebben jullie soms ruzie?'

'Nee hoor,' mompelde ik.

'Heeft ze dan een vriendje?' viste mijn vader terwijl hij de parkeerplaats op reed.

'Ik heb geen idee.'

Zodra we stilstonden keek mijn vader me onderzoekend aan. 'Zul je goed eten?' vroeg hij zorgelijk.

'Jaha,' antwoordde ik ongeduldig, moe van de eindeloze

opmerkingen over wat ik at en hoeveel. Alsof dat er iets toe deed. Alsof dat iets zei over míj.

Onhandig zat ik naast hem in de auto. Ik wilde iets zeggen, maar wist niet wat. Het was nu zo anders tussen ons dan vroeger, toen hij en ik de beste maatjes waren geweest. Uren hadden we samen doorgebracht, kletsend, zingend, muziek makend, knutselend of wandelend in het bos. Op de middelbare school was dat allemaal veranderd. Toen mijn lichaam langzaam andere vormen aannam en er overal piekerige haartjes te voorschijn schoten, leek mijn vader steeds meer afstand te nemen van mij. Of nam ik meer afstand van hém? We deden nog wel dingen samen, maar het was alsof we elkaar niet meer echt wisten te bereiken.

Ik kruiste mijn armen voor mijn lichaam en hoopte dat hij nu eens iets anders zou zeggen dan 'Eet je wel genoeg?' of 'Wat heb je een prachtig rapport!' Want hoezeer ik de verdraaiing van de wereld verborgen probeerde te houden, iets in me smeekte tegelijkertijd dat mijn geheim zou worden ontdekt. Misschien juist door mijn vader. Maar die zei verder niks en ook ik zweeg. Met een zoen namen we afscheid en toen reed hij weg.

Een stroom aan eetgedachten golfde in me op. Gelukkig had ik die ochtend slechts een cracker op, zonder boter. Zo lukte het me om mijn vader uit mijn gedachten te bannen en me klaar te maken voor mijn reis.

De lucht was helder toen het vliegtuig een draai maakte boven de Saronische Golf en Athene in al haar glorie in zicht kwam. Met open mond staarde ik naar de eindeloze rijen gebouwen die werden omgeven door het Parnitha- gebergte. Tevergeefs probeerde ik een glimp op te vangen van de Akropolis.

Algauw zette het vliegtuig de daling in en de gebouwen werden levensechter. We vlogen nu vlak boven het water, alsof we elk moment in zee konden storten. Een ongekende opwinding maakte zich van mij meester, bijna lijfelijk voel- baar zoals toen met Mink.

Toch nog onverwacht schoven we de landingsbaan op. Heuvels wrongen zich tussen ons en de stad. Een kaal, ongerept gebied, waar slechts militaire hangars als dikke puisten boven de grond uit staken, verwelkomde ons. Zo anders dan het groene, door vers gras en koeien gekenmerkte Nederland was dit droge, taaie, door schaarse lentebloemen versierde landschap.

In de dagen die volgden maakte ik kennis met het echte Griekenland, dat heel anders bleek dan ik me had voorgesteld. Toch was ik hopeloos verliefd en wist dat het nooit meer zou overgaan. Kwam het door de stad met haar vele sporen van een rijk verleden? Kwam het door de zon die ons overdag nauwelijks uit het oog verloor? Kwam het door de taal die ik, nu ik haar hardop hoorde, zo prachtig vond, ook al verstond ik geen woord? Of waren het de mensen, die ondanks hun jachtige bestaan zo veel menselijker op me overkwamen?

Vol enthousiasme stond ik elke ochtend klaar om op pad te gaan. Onvermoeibaar wandelde ik de hele dag achter meneer Sjo aan, zijn verhalen opslurpend als een uitgedroogd dier, terwijl de anderen doodmoe neervielen op alle beschikbare bankjes.

Tot mijn opluchting vormde het eten nauwelijks een probleem. Niemand die tenminste iets in die richting zei. Juist deze onverschilligheid, die ik van thuis niet kende, verminderde de prop in mijn keel. En omdat ik van de lange wandelingen een flinke honger kreeg, stond ik mezelf toe meer te eten dan ik de laatste maanden had gedaan.

Helaas schenen de meesten van mijn groep de reis heel anders te beleven dan ik. Opgetogen door hun nieuwe vrijheid leken ze meer belangstelling te hebben voor de disco en voor elkaar dan voor Athene. Voor hen was deze studiereis een pleziertje: er werd veel geflirt en lol getrapt. Voor mij, daarentegen, was de reis van levensbelang.

De avond voordat we weer naar huis zouden gaan, hield ik het niet meer met ze uit. Ik zei dat ik me niet lekker voelde en meldde me af voor het avondeten. Nadat de anderen waren vertrokken naar een groot dansfeest, glipte ik echter door de hal naar buiten, waar een zachte lentebries me opwachtte. Hij joeg me voort door de straten van de stad, totdat ik opnieuw aan de voet van de Akropolis stond. Groots en majestueus stond het Parthenon in de schijnwerpers. Vol ontzag staarde ik omhoog. Dit was mijn genot. Dit was mijn flirt. Ik zuchtte vol overgave.

Plotseling voelde ik iemand naast me. Bewegingloos wachtte ik af. Iets zei me niet meteen te kijken. Was het angst? Of was het iets mooiers, zoals een voorgevoel?

'Mooi hè,' zei toen een rustige stem in het Engels.

Verbaasd keek ik opzij en zag een jongen van mijn leeftijd, of iets ouder. Hij had achterover gekamd, donker haar dat op de kraag van zijn leren jas eindigde. Hij had een glad gezicht met een markante neus. Zijn donkerbruine ogen staarden omhoog. Er lag een glans in die ik meende te herkennen.

Hoewel hij naar alle waarschijnlijkheid een Griek was, begon ik ook in het Engels. 'Waarom eigenlijk?' vroeg ik, omdat ik een hekel had aan gemeenplaatsen als 'Hoe heet je?' en 'Waar kom je vandaan?' Tot mijn verrassing begreep hij mijn vraag onmiddellijk.

'Waarom het Parthenon zo mooi is?' herhaalde hij. 'Omdat het de illusie van volmaaktheid wekt.'

'O ja?' zei ik om hem aan te moedigen om door te gaan.

'Het gebouw is helemaal symmetrisch. Overal duikt de verhouding 9:4 op. Weet je trouwens dat er trucjes zijn toegepast om de wetten van het perspectief te omzeilen?'

'Je bedoelt dat van de zuilen?' zei ik, want meneer Sjo had verteld dat de zuilen een beetje bol waren, zodat ze van een afstand recht leken.

De jongen knikte. 'Het moet echt schitterend zijn geweest,' mijmerde hij.

Opnieuw probeerde ik me een voorstelling te maken van hoe het Parthenon er vroeger had uitgezien. Een marmeren dak had over de zesenveertig immense zuilen heen gelegen. Aan weerskanten waren in de driehoek, die de dakpunten met de nok verbond, beelden uitgehouwen, net als op de één meter hoge fries aan de binnenzijde. Het gebouw, dat voornamelijk in de kleuren rood, blauw en goud was geschilderd, had uit twee ruimten bestaan. De ene ruimte had plaats gegeven aan het twaalf meter hoge, goud met ivoren beeld van de godin Athena en de andere ruimte had zeer waarschijnlijk dienst gedaan als schatkamer van de stad.

De jongen liet zijn blik zakken en glimlachte naar me. 'Ik heet Andreas,' zei hij. 'En jij?'

'Han,' antwoordde ik.

'Chan,' probeerde hij.

'Nee, Han, met een H, van Johanna.'

'Ah, Ioanna.'

Het laatste klonk zo onvervalsd Grieks, dat ik een groet op hem uitprobeerde. '*Jasoe*,' zei ik en gaf hem een hand.

'*Jasoe, Ioanna*,' zei Andreas op zijn beurt, zodat ik niet meer twijfelde aan zijn nationaliteit. Zijn handdruk was stevig en duurde langer dan die van de meeste mensen. '*Pame mia volta?*' vroeg hij vervolgens.

Uit zijn gebaren maakte ik op dat hij een eindje wilde wandelen en ik knikte zwijgend. We klommen het pad op dat langs de Akropolis omhoogliep en verderop zou afbuigen naar de Plaka, het oude centrum van Athene. Vreemd genoeg voelde ik geen angst, niet voor Andreas, niet voor het donker en eindelijk ook even niet voor mezelf. Wat had ik eigenlijk te verliezen?

'Hoe weet je dit allemaal?' vroeg ik, noodgedwongen weer in het Engels, ondertussen schuin omhoog wijzend.

'Ik studeer archeologie,' vertelde Andreas. 'In Thessaloniki.'

Ik kreunde onhoorbaar. 'Dus je doet ook opgravingen,' veronderstelde ik jaloers.

'Tot nu toe niet. Ik zit pas in mijn eerste jaar. Maar deze zomer ga ik met een groep naar Miëza, in Noord-Griekenland. Mijn professor gaat daar opgravingen doen. Wij mogen mee om, zeg maar, het vak te leren.'

'De hele zomer?'

Andreas knikte. 'Wat doe jij eigenlijk?' vroeg hij toen.

Ik schrok van de plotselinge aandacht. 'Ik eh...' stotterde ik. 'Ik zit nog op school.'

'En dan?'

'Hoe bedoel je?'

'Wat ga je doen als je klaar bent met school, studeren?'

'Ja,' zei ik spontaan. 'Archeologie.' Het was eruit voordat ik er erg in had.

Inmiddels liepen we langs de resten van de antieke agora, het marktplein waar filosofen, politici en kooplui vroeger hun dagen hadden gesleten, het Monastirakiplein op.

'Zal ik je morgen een rondleiding geven langs plekjes die toeristen nooit te zien krijgen?' vroeg Andreas, die langzamer was gaan lopen, alsof hij bang was dat hij me in de drukte van het centrum zou kwijtraken.

'Gaat niet,' antwoordde ik spijtig. 'Morgen ga ik weer naar huis. Om tien uur vertrekt het vliegtuig al. Maar ik heb wel zin om ergens iets te gaan drinken,' zei ik er meteen achteraan. 'Ik bedoel, als je wilt natuurlijk.' Het zweet brak me uit. Waar was ik in godsnaam mee bezig?

Maar Andreas lachte en pakte me bij mijn arm. 'Ik weet wel een leuke tent.'

We gingen naar een disco en namen plaats aan een tafeltje. Een ober kwam vragen wat we wilden drinken. Ondertussen keek ik mijn ogen uit. De aanwezigheid van voornamelijk Griekse jongelui gaf me een onwennig en tegelijkertijd trots gevoel. Mijn klasgenoten moesten me eens zien zitten, dacht ik, terwijl ik een glas sinaasappelsap ronddraaide tussen mijn vingers.

'Ik moet wel op tijd terug zijn, hoor,' voelde ik me nog verplicht te zeggen. Daarop liet ik me wegglijden in een roes van harde muziek in een voor mij onbegrijpelijke taal, die in mijn oren echter klonk als de taal van de goden.

'Heb je honger?' vroeg Andreas toen we weer buiten stonden.

Ik knikte, blij dat ik hem weer gewoon kon verstaan. Veel meer dan naar elkaar lachen was in de disco niet mogelijk geweest. En dansen natuurlijk. Maar we hadden geen van beiden hiertoe het initiatief genomen.

Andreas pakte mijn hand en nam me mee naar een klein zaakje, waar ze platte, ronde broodjes verkochten die werden gevuld met reepjes gegrild vlees. *Pita gyros* heetten ze en ik smulde ervan.

'Nog één?' vroeg Andreas toen ik hem op had.

Ik aarzelde. Automatisch trad het mechanisme weer in werking van afwegen en controleren. 'Ik weet niet of ik daar wel goed aan doe,' mompelde ik verlegen.

'Goed is wat goed voelt,' merkte Andreas laconiek op.

De waarheid was dat ik nog wel tien broodjes op kon, tenslotte had ik die avond nog niets gegeten. Bovendien was de sfeer zo uitnodigend, dat ik er alles aan wilde doen om deze momenten vast te houden. 'Graag,' zei ik dus.

Terwijl Andreas ging bestellen, drongen zich echter steeds luidere stemmetjes vanbinnen aan me op. Stemmetjes die me verweten te ver te zijn gegaan, die me probeerden te verleiden naar de wc te gaan en er alles uit te kotsen. Maar ik verzette me ertegen, met mijn ogen Andreas volgend. En zo overwon het geluksgevoel van de laatste paar uren mijn drang om steeds minder te eten, steeds minder te wegen, steeds minder te bestaan.

Door de spiegels die aan de wand hingen, kon ik mezelf zien zitten. Was ík dat? Mijn blonde haren leken nog blonder naast al het Griekse zwart. De huid van mijn gezicht had een gezonde, roodbruine kleur. Met die lach om mijn mond vond ik mijn lijf bijna mooi in plaats van vel over been. Tot mijn verbazing hoorde ik mezelf ook vertellen, over mijn ouders, over Freek en Jet, en over de lessen Oudgrieks van meneer Sjo. Hoelang was het geleden dat een dergelijk enthousiasme in mijn stem te horen was geweest?

Andreas streek zijn haren naar achteren. Ik had gemerkt dat het een soort gewoonte van hem was. 'Waarom was je eigenlijk alleen op stap?' vroeg hij toen ik was uitverteld. 'Waar is de rest van je groep?'

'Die zijn naar een dansavond. Ik had geen zin om met ze mee te gaan,' zei ik. 'Ik wilde nog één keer de Akropolis zien.' Het laatste was niet helemaal waar, maar wat moest ik anders zeggen?

'Wat wordt er in Miëza trouwens opgegraven?' voegde ik er vlug aan toe.

Andreas slikte zijn laatste hap door en schoof zijn bord opzij. Het viel me nu pas op dat hij een gouden kettinkje om zijn nek had. De sluiting zat naar voren gedraaid. 'Miëza,' begon hij, 'was in de vierde eeuw voor Christus een redelijk grote stad. Koning Philippos van Macedonië heeft daar een school laten inrichten voor zijn zoon Alexandros.'

Mijn hart klopte plotseling in mijn keel. 'Bedoel je Alexander de Grote?' vroeg ik schor.

'Hmm. Hij kreeg les van de beroemde Aristoteles. Daarom heet die plek nu nog altijd de "School van Aristoteles".'

Alexander, dreunde het door mijn hoofd. Uitgerekend hij over wie ik de laatste tijd zo veel had gefantaseerd, dook opnieuw op in mijn leven. 'Maar Alexander de Grote woonde toch in Pella?' meende ik me te herinneren.

'Hij heeft ook maar een jaar of drie in Miëza gewoond,' antwoordde Andreas, die er kennelijk een hoop vanaf wist. 'Toen hij zestien jaar was, is hij teruggegaan naar Pella, dat in die tijd de hoofdstad van het Macedonische koninkrijk was. Zijn familie had trouwens ook een paleis meer naar het zuiden, in Aeges, dat nu Vergina heet. Daar is een enorme grafheuvel gevonden met koninklijke graven. Ze zeggen dat Philippos II er begraven ligt en misschien ook Alexanders vrouw Roxane en hun zoon Alexander IV.'

Bij het horen van de naam Roxane bloosde ik tot diep in mijn nek. Mijn eigen fantasieën kwamen bruusk in aanraking met de werkelijkheid. Even voelde ik me klein en kwetsbaar. Toen werd ik echter overspoeld door een intens verlangen. Het was zo sterk dat ik niet meer naar Andreas luisterde. Met een hand onder mijn kin staarde ik voor me uit en kon nog maar aan één ding denken.

'Wat heb je?' vroeg Andreas geschrokken en hij pakte mijn pols beet. 'Waar denk je aan?'

'Aan al die plaatsen waar je het net over had, in Noord-Griekenland,' verzuchtte ik, waarop ik Andreas recht in zijn ogen keek. 'Wat zou ik dáár graag naartoe willen,' zei ik met een ongekende vastberadenheid.

Tegen elf uur stond ik weer voor mijn hotel, terwijl de muziek en de gesprekken nog nagalmden in mijn oren en mijn keel rauw aanvoelde van het vele praten. Andreas drukte een zoen op mijn wang. De glans in zijn ogen was in de loop van de avond sterker geworden. Even had ik het gevoel dat ik erin zou verdrinken. Als om mezelf schrap te zetten deed ik een pas achteruit. Toen lachte ik naar hem, een oprecht gemeende lach.

Nog zeker tien minuten wisten we het gesprek te rekken. Later herinnerde ik me niet eens meer waar we het over hadden gehad. Gelukkig was ik niet de enige die het moeilijk vond om afscheid te nemen.

'Weet je,' fluisterde Andreas tot slot, terwijl hij mijn handen vastgreep. 'Ik zou je nog eens willen ontmoeten.'

Mijn hart ging als een gek tekeer onder mijn bloesje.

'Waarom kom je van de zomer niet naar Miëza?' stelde hij vervolgens voor.

'Maar dan moet jij toch werken?' protesteerde ik.

Andreas haalde zijn schouders op. 'Ik heb elke zondag vrij en we hebben alle avonden. En misschien mag je af en toe wel komen kijken.'

'Wat? Bij de opgravingen?' zei ik vol ongeloof. 'Maar...'

Andreas legde een vinger tegen mijn lippen. 'Je komt gewoon en dan zien we wel,' zei hij opgewekt. 'We hebben een erg aardige professor. Ik regel in elk geval een hotel voor je en dan laat ik je heel Macedonië zien. Goed?'

Mijn hoofd tolde van blijdschap. Ik viste een vodje papier en een pen uit mijn jaszak. Om beurten schreven we onze namen en adressen op. Toen scheurde ik het papier doormidden en gaf Andreas de ene helft. Op de andere helft stond een adres in Thebe. 'Woon jij niet in Athene?' vroeg ik verbaasd. Andreas schudde zijn hoofd. 'Wat doe je hier dan?'

'Dat vertel ik je nog wel een keer,' zei Andreas geheimzinnig. Toen wapperde hij met mijn adres. 'Ik schrijf je,' beloofde hij nog, voordat hij in de maanloze nacht verdween.

Hoofdstuk 3

Zodra ik weer thuis was, vertelde ik mijn ouders over Andreas en vroeg of ik die zomer naar Griekenland mocht gaan. Hun toestemming kreeg ik echter niet zonder slag of stoot.

'Weet je,' zei mijn vader. 'Mam en ik hebben tijdens jouw reis naar Athene veel nagedacht en samen gepraat. Ik denk dat je zelf ook wel inziet dat het zo niet langer gaat.'

'Hoezo?' zei ik, meteen in de verdediging.

Mijn vader tilde zijn hand op en wees naar me. 'Moet je jezelf zien! Je bent zo mager als een lat. Met je vrienden en vriendinnen van school heb je nauwelijks meer contact. Zelfs je zussen hou je op afstand. Het enige wat je doet is sporten en op je kamer lezen of studeren. Dat is toch niet helemaal normaal?'

'Ja, maar...' probeerde ik terwijl tranen achter mijn ogen prikten.

Mijn vader stond op en liep naar het raam. 'We denken

erover om je te laten opnemen,' zei hij met zijn rug naar me toe.

Ik was met stomheid geslagen. 'Opnemen, waar?'

'In een ziekenhuis.'

'Waarom?'

'Om weer beter te worden.'

'Ik heb gewoon niet zo'n honger de laatste tijd,' gaf ik als excuus.

Mijn moeder, die tot dan toe had gezwegen, viel mijn vader bij. 'Nee, jongedame, daar trappen we niet meer in. Als je eens wist hoeveel eten ik de afgelopen maanden heb weggegooid en hoe vaak ik jou heb gehoord op de wc...'

Deze woorden waren als een klap in mijn gezicht. Hoe wist mijn moeder dat ik stiekem op de wc overgaf als ik vond dat ik te veel had gegeten? Ik deed altijd zo zachtjes mogelijk en maakte alles goed schoon, zodat niemand het zou merken. Want dat het stom was, dat begreep ik zelf ook wel. Mijn lippen trilden. Ik beet erop om me een houding te geven, zo vernederd en betrapt voelde ik me. Het beeld van Andreas flitste door me heen, maar ik verjoeg hem. Zijn aanwezigheid, ook al was het slechts in gedachten, was nu ondraaglijk. Ik had het verpest. Flink verpest. En nu zou ik worden weggemoffeld tussen allemaal gekken, alleen omdat ik zo mager was.

'Ik wil wel,' zei ik zwak. 'Ik bedoel, eten.' Toen barstte ik in huilen uit, maar weigerde mijn moeders armen. Mijn vader bleef staan waar hij stond.

'Kijk toch eens hoe je erbij zit,' zei mijn moeder venijnig, waarschijnlijk gekwetst door mijn afwijzing. 'Je lijkt wel een klein meisje. Wanneer word je nou eens volwassen?' vroeg ze terwijl ze verbeten in haar zakdoek kneep.

Wat was dat in godsnaam, volwassen? Ik kon het niet omschrijven. Toch wist ik haarfijn wat mijn moeder bedoelde. Zo hoorde ik geen eten in de vuilnisbak te gooien en ook niet in de wc. Ik moest meer belangstelling tonen voor anderen, niet zo in mezelf gekeerd zijn. Ik moest gezellig meedoen op feestjes, lachen en praten over niks. En ik moest vooral niet overal een probleem van maken. Er waren immers mensen die het zo veel zwaarder hadden dan ik, terwijl ik alles had wat mijn hart begeerde. Wat deden een paar kilo meer of minder er dan toe?

Ik had er geen antwoord op en toch was er iets in me dat zich bleef verzetten.

Ik stommelde de trap op. Het leek of mijn hoofd vol mist zat en ik opnieuw eindeloos was verwijderd van de wereld om me heen. In de verte hoorde ik mensen lachen, maar niet met mij. Ze dansten, maar niet met mij. Ze praatten, maar niet met mij. Tegen de huisregels in deed ik de deur van mijn slaapkamer achter me op slot. Ik had van mijn ouders tot de avond de tijd gekregen om te reageren.

Op mijn bureau lag het adres van Andreas. Als bij brailleschrift gleden mijn vingers over de letters. Net alsof ik op die manier de uren kon terughalen die ik met hem had doorgebracht. *Goed is wat goed voelt*, hoorde ik Andreas weer zeggen. Maar wat voelde ik eigenlijk? Wat wilde ik eigenlijk? Of hoorde dit soms ook bij volwassen worden?

Ik kroop in bed. Er lag iets hards onder mijn rug. Ik trok het boek over Alexander de Grote onder me vandaan en omhelsde het. Zo lag ik uren te piekeren over wat ik moest doen. En in die stroperige mist van niet-weten werd me langzaam één ding duidelijk: ik moest terug naar Griekenland. Ik moest doorzetten en vechten voor dat irrationele verlangen om naar een plek te gaan waar ik zo onweerstaanbaar naar werd toegetrokken.

Die avond deed ik mijn ouders de volgende belofte: de komende maanden zou ik drie keer per dag eten, niet moedwillig overgeven en op zaterdagavond weer uitgaan met mijn klasgenoten. Mijn belofte was oprecht, en in het belang van dat wat ik zo zielsgraag wilde kwam ik hem ook na.

Uiteraard hielden mijn ouders me angstvallig in de gaten. Pas toen ze zich ervan hadden overtuigd dat ik me aan mijn woord hield en zelfs weer eens lachte, stemden ze in met mijn plan. 'Misschien zal de verandering van omgeving je goed doen,' zei mijn vader hoopvol.

Ik telde de dagen af. Ondertussen kloof ik mijn vingernagels af boven het woordenboek Nieuwgrieks, in een poging het voor die tijd uit mijn hoofd te leren. Na een halfuur stampen, oefende ik voor de spiegel met mijn boek dicht. Bij elk woord dat ik nog wist stak ik mijn duim omhoog naar mijn spiegelbeeld. Ook leerde ik ijverig grammatica en kocht cassettebandjes met eenvoudige zinnen.

Van huiswerk maken kwam uiteraard niet veel terecht. Al mijn vrije tijd ging op aan Nieuwgrieks leren, lezen over archeologie en me verheugen op mijn reis naar Griekenland. Op school leefde ik een onopvallend bestaan, maar dat kon me niets schelen. De gedachte aan de nabije toekomst maakte me sterk en onafhankelijk. Vond ik. Alleen op zaterdagavond ging ik, overeenkomstig de afspraak met mijn ouders, de stad in. De eerste keer waren mijn klasgenoten verbaasd me weer te zien, maar ik had het uitgaan niet verleerd en deed dapper mee met de rest. Tot een persoonlijk gesprek liet ik me echter niet verleiden, zelfs niet door Peter, hoe aardig ik hem ook vond.

Op een avond bezochten we een andere bar dan gebruikelijk. Deze bar was in onze ogen een zaak voor ouwelui, maar de muziek was er leuk. Toen ik naar de tap liep om drank te bestellen, ontdekte ik daar tot mijn schrik Mink, arm in arm met een man van zeker dertig jaar. Mink had lippenstift op en rouge – het was geen gezicht, ook al dacht haar vriend daar kennelijk anders over. Met een straalverliefde blik gleed hij met zijn vinger in de richting van haar boezem, waarvan een vrij groot deel voor het blote oog zichtbaar was.

Mink lachte en nam een slok bier. Ik kokhalsde, waarom weet ik niet goed. Was het walging van de manier waarop Mink zich aan die geilaard aanbood, zo zonder blijk van genegenheid, laat staan liefde? Of was ik gewoon jaloers, omdat hij wel deed wat ik toen niet had gedurfd?

Met een acute steek in mijn maag liep ik naar de uitgang en trok me terug in het donker, waar ik een poos rondzwierf. *Maag, mager, maagd*. Deze drie woorden scandeerden onophoudelijk door mijn hoofd, als hamerslagen op een aambeeld. Maag, mager, maagd, als waren de laatste twee woorden het logische gevolg van het eerste. De vergrotende en overtreffende trap van mijn onmacht om mijn honger te stillen. Mijn allesverterende honger, niet alleen naar voedsel, maar vooral naar aandacht, aanraken, liefhebben, me geborgen weten; honger ook naar leren, te weten komen, ontdekken, presteren; honger ook om dit alles te maken tot een geheel, tot een totale persoon die toepasselijk *ik* zou heten.

De eerste brief van Andreas werd door Freek uit de brievenbus gehaald. Ze hield hem hoog in de lucht, zoals ze vroeger ook had gedaan om me te plagen. Toen zou ze net zo lang zijn doorgegaan tot ik haar lachend smeekte om het terug te geven. Dit keer werd ik echter laaiend. Nadat ik het haar twee keer gewoon had gevraagd, barstte er iets in me los. Haar 'Han, die heeft een vriendje' werkte als een rode lap waar ik brullend van woede op afging. Ik weet niet meer wat ik allemaal heb geschreeuwd en gedaan, maar de schrammen in haar gezicht spraken dagen later nog boekdelen.

Mijn ouders gaven geen straf voor het voorval, tenslotte had Freek het zelf uitgelokt. Wel moesten we elkaar onze excuses aanbieden, hetgeen we schoorvoetend en zonder overtuiging deden. Ik denk echter dat mijn ouders vanaf dat moment inzagen dat deze brief, Andreas, mijn reis en alles wat daarbij hoorde uiterst belangrijk voor me waren en dat waren ze ook.

Het duurde een paar dagen voordat ik Andreas terugschreef. Ik betrapte mezelf op een lichte teleurstelling, omdat zijn brief vrij kort en oppervlakkig was geweest. Er had vooral voorzichtigheid uit gesproken, alsof Andreas bang was dat ik intussen van gedachten zou zijn veranderd en niet meer wilde komen. Misschien schaamde ik me ook wel, omdat ik over deze paar regels zo'n enorme ophef had gemaakt.

Telkens opnieuw las ik de brief door, op zoek naar dingen die er niet in stonden. Toen borg ik hem op in mijn bureau en dwong mezelf te reageren, in het Grieks natuurlijk. Ik schreef hem dat ik zou komen, als hij dat tenminste nog steeds leuk vond. Dat ik graag van hem wilde weten waar ik het best naartoe kon vliegen en wanneer. En ten slotte, dat ik zou wachten met het kopen van een ticket tot ik weer een brief van hem had gehad. Over de problemen thuis vertelde ik natuurlijk niks.

Binnen een week kreeg ik een tweede brief. Mijn moeder was zo lief geweest om hem op mijn kamer neer te leggen, waar ik hem vond toen ik uit school kwam. Vlug scheurde ik de envelop open en gleed met mijn ogen over het Grieks, waarvan ik zeker de helft niet zo snel kon vertalen. Wel begreep ik eruit dat Andreas wilde dat ik kwam, dat ik naar Thessaloniki moest vliegen en dat iedere zondag in juli of augustus geschikt was, omdat hij dan vrij had.

'Yes!' fluisterde ik en maakte een vuist. Toen liet ik me languit op bed vallen en probeerde met behulp van het woordenboek de rest van de tekst te vertalen. Andreas vertelde dat hij binnenkort zou vertrekken naar Miëza en hij gaf me een ander adres, ergens in Kopanos. Daar zou hij mijn brieven dan gaan ophalen. Brieven nog wel, hij verwacht nogal wat, dacht ik verontwaardigd, maar voelde me desondanks gevleid.

Verder had Andreas aan zijn professor verteld dat ik in de zomer een paar weken in Naousa zou logeren en hij had hem gevraagd of ik misschien een keer mocht komen kijken bij de opgravingen. De professor had geen bezwaar gemaakt, zolang ik me maar aan de regels hield.

Ik kon mijn geluk niet op. Niet alleen was deze brief een

stuk vriendelijker van toon dan de vorige, er stond zelfs 'Lieve Han' boven. Ik draaide me op mijn rug en zuchtte eens diep.

Nog diezelfde avond schreef ik terug, ik geloof wel drie kantjes. Omdat het veel te lang duurde om alles in het Grieks te verwoorden, stapte ik halverwege over op het Engels. De aanhef, die ik tot het laatst had bewaard, kostte me de nodige hoofdbrekens, maar ten slotte maakte ik er 'Lieve Andreas' van. Ik drukte er een zoen op, schoof de brief gauw in een envelop en likte hem dicht.

Op mijn verjaardag bezorgde de postbode een pakje met een enorme rij postzegels erop, verstuurd vanuit Thessaloniki. Er zat een Engels boek in over opgravingen in Noord-Griekenland. Ik vloog naar mijn kamer en begon er meteen in te bladeren. Voor de beschrijvingen van de plaatsen die te maken hadden met Alexander de Grote had ik natuurlijk de meeste interesse. Vol aandacht bekeek ik de foto's van de overblijfselen van het antieke Pella, van Aeges en natuurlijk van Miëza, waar ik naartoe zou gaan.

Bij de bladzijde over de School van Aristoteles vond ik een kaartje.

Heel veel liefs, je Andreas, stond erop geschreven.

Ik haalde diep adem en deed het boek met een klap dicht, het kaartje er nog tussen. Blijkbaar had mijn laatste brief hem gerustgesteld en dit was zijn antwoord. Want hoe kort het zinnetje ook was, het zei een heleboel en ik kon er met de beste wil van de wereld niet omheen.

Opnieuw opende ik het boek. Het kaartje gleed eruit en viel op de grond. Ik durfde het bijna niet op te rapen. Andreas kwam ineens zo akelig dichtbij. Een adres was tenslotte maar een adres en een herinnering kon je vaak nog zo kneden dat de beelden voldeden aan je eigen verwachting. Nu ik weer thuis was, leek die heerlijke avond in Athene bijna onwerkelijk. Hoewel ik vaak aan Andreas dacht, wilde ik geloven dat ik niet verliefd op hem was. Ik hield mezelf voor dat ik me meer voelde aangetrokken tot wát hij was, waar hij symbool voor stond. Zo goed kende ik hem tenslotte niet. Toch betrapte ik mezelf erop dat in mijn dromen Alexander steeds vaker de persoon van Andreas aannam.

Ik had de neiging om het kaartje te verscheuren, zo moeilijk vond ik het om de woorden die erop stonden toe te laten. Iedereen in mijn directe omgeving leek de laatste tijd tegen me te zijn of het met me te doen te hebben. Ze maalden maar door over mijn gewicht en over dat wat ik at, of niet at. Het was bijna ondenkbaar dat er nog iemand was die me zomaar leuk vond en me daarom zo'n kaartje stuurde. Ik moest mijn uiterste best doen om de verdraaiing van de wereld niet sterker te laten worden, omdat het gewoon te veel voor me was. Té aardig, té teder, té lief.

Later die dag belde Andreas op. De huiskamer zat juist vol bezoek, dat stomverbaasd mijn kant uit keek toen ik hem in mijn beste Grieks probeerde te woord te staan. Andreas lachte aan de andere kant van de lijn en maakte me een compliment. Ik glom van trots.

'Goed van haar, hè,' hoorde ik mijn moeder achter mijn rug zeggen.

Goed van haar, hè, meesmuilde ik vanbinnen. Ik vond het vreselijk als mijn moeder over mij opschepte, me op een voetstuk plaatste. Waarom deed ze dat alleen bij anderen? Waarom kon ze aardige dingen niet rechtstreeks tegen mij zeggen, net zoals de onaardige, in plaats van via een omweg? Om mijn moeder buiten te sluiten stak ik een vinger in mijn linkeroor.

'Chronia polla,' zei Andreas opnieuw en ik bedankte hem voor de felicitatie. 'Hoe oud ben je geworden?' vroeg hij vervolgens. Ik had de indruk dat hij voor mij extra langzaam en duidelijk sprak.

'Zeventien,' antwoordde ik.

Daarop viel het gesprek stil. Mijn Grieks was nog niet toereikend om hele zinnen achter elkaar te zeggen en in verband met alle toehoorders wilde ik niet overstappen op het Engels.

'Hoe is het met je?' vroeg ik daarom opnieuw.

Een golf aan woorden stroomde mijn oor binnen. Ik bloosde. 'Sorry,' mompelde ik. 'Ik begrijp niet wat je zegt.'

Andreas zuchtte. 'Ik mis je,' zei hij toen plompverloren.

Het was gemeen van me, maar ik zei ijskoud dat ik hem dit keer niet had verstaan vanwege het rumoer in de kamer, alleen om het nog eens te horen.

'Ik mis je,' zei hij, harder nu.

'Ja,' was alles dat ik kon uitbrengen.

'Nog maar een maand,' waren zijn laatste woorden.

Met bevende hand legde ik de hoorn neer en liep de kamer uit. Ik hoorde zelfs niet wat mijn moeder tegen me zei. Nog maar een maand, herhaalde ik gelukzalig.

In die maand kreeg ik echter nog het nodige voor mijn kiezen. Ik zwoegde me door de proefwerkweek heen en was volkomen uitgeput toen ik uiteindelijk mijn pen neerlegde. Het resultaat was navenant. Het scheelde weinig of mijn eindrapport deed mijn ouders alsnog van gedachten veranderen. De glansrijke negen voor Oudgrieks stak bijna absurd af tegen de rij van zesjes voor de overige vakken. Gelukkig was mijn ticket al betaald. Nog twee weken. In het woordenboek moest ik nog zes letters van het Griekse alfabet.

Toen ik begin juli opnieuw naar Griekenland vertrok, was ik bloednerveus. Het was me niet duidelijk of dat kwam door mijn eerste reis alleen, het weerzien met Andreas, of mijn bezoek aan de opgravingen in Miëza. Waarschijnlijk door alledrie.

Die eerste avond met Andreas zal ik nooit vergeten. Toen ik na uren reizen eindelijk aankwam op het busstation van Naousa, stond hij me op te wachten. Maar wat ik zag was niet de Andreas die ik bij avondlicht had leren kennen, de jongen met de ruige kleren en de mooie ogen, degene die me twee maanden lang gezelschap had gehouden in mijn dromen en plannen. Hier stond een doodnormale jongen in spijkerbroek die zenuwachtig om zich heen keek. Hij had zijn haren bij elkaar gebonden in een staart, waardoor zijn neus nog groter leek. En zijn ogen? Weg was de glans, de poëtische blik die me indertijd had meegelokt.

De moed zonk me in de schoenen. Hoe zou het gaan met eten? vroeg ik me onmiddellijk af.

Nadat we mijn koffers naar het hotel hadden gebracht, nam Andreas me mee naar een restaurant. Onwennig zaten we tegenover elkaar. Nadat we alle oppervlakkigheden over mijn reis en zijn verblijf hier hadden uitgewisseld, stokte het gesprek. Duizenden gedachten vlogen door mijn hoofd. Al het Grieks dat ik de afgelopen maanden naar binnen had gestampt, leek ik te zijn vergeten. Ik prikte met mijn vork in het eten, dat me steeds meer ging tegenstaan. De prop in mijn keel was terug.

Andreas wist zich kennelijk ook geen houding te geven. Af en toe lachte hij flauwtjes naar me. Hij was zichtbaar opgelucht toen halverwege de avond twee jongens de zaak binnenkwamen. Andreas stelde me voor aan Sakis en Thassos, twee studiegenoten van hem die ook deelnamen aan de opgravingen in Miëza, en vroeg of ik er bezwaar tegen had als ze bij ons kwamen zitten.

Nog voordat ik gelegenheid kreeg om te reageren, schoven Sakis en Thassos bij ons aan tafel en raakten de jongens aan de praat. In het Grieks natuurlijk, en razendsnel. Het leek wel alsof ze alle woorden aan elkaar plakten zonder komma's en punten. Slechts heel af en toe ving ik iets op dat me bekend voorkwam en ik deed dan ook nauwelijks moeite om me in het gesprek te mengen.

Hoe later het werd, hoe rotter ik me voelde. Plotseling hield ik het niet meer uit en stond abrupt op. 'Ik ben moe,' verontschuldigde ik me.

Andreas maakte aanstalten om met me mee te lopen naar het hotel, maar ik wimpelde hem af. 'Laat maar,' zei ik tegen hem. 'Ik zie je morgenochtend.'

Hijgend kwam ik aan in het hotel waar ik op bed plofte en zoals gewoonlijk al mijn woede tegen mezelf richtte. Hoe had ik kúnnen geloven dat alles net zo geweldig zou zijn als in Athene? Hoe had ik de illusie durven hebben dat ik in Griekenland ineens iemand anders zou zijn, een betere Han, een gelukkiger Han, wellicht? De illusie van volmaaktheid, dacht ik bitter.

Nu had ik niks meer over. Al mijn energie had ik in mijn dromen gestoken. Ik was ervan uitgegaan dat ik me in Griekenland, bij Andreas, weer net zo zou voelen als toen, de eerste keer. Maar ik was volkomen leeg. Ik vond mezelf waardeloos en lelijk, net zoals in Nederland. In de kamer was het smoorheet. De nacht duurde eindeloos. Wat restte me eigenlijk nog dan gewoon te stoppen met dit leven, met dit lijf en vooral met deze gedachten die me innerlijk verscheurden?

Ten einde raad zocht ik mijn dagboek, dat ik speciaal voor deze reis had gekocht, en een pen en begon te schrijven, zomaar aan mezelf. Er was toch niemand die me zou begrijpen. Ik zette al mijn woede op papier, net zo lang totdat ik kramp had in mijn vingers en me achterover liet vallen.

'Stomme Andreas,' fluisterde ik, 'lul, klootzak, eikel!' Wat ik maar aan lelijks kon bedenken, siste ik voor me uit en dat schiep een ongekende ruimte in me. Met mijn vuisten maakte ik boksbewegingen en ik deed alsof ik Andreas een flinke dreun in zijn gezicht verkocht, vooral tegen die prachtige ogen. Ik mepte zo vaak tot ik er zelf om moest lachen. Toen sloot ik mijn ogen.

In dat ene moment van totale stilte en uitzichtloosheid ontwaarde ik in mezelf een klein vlammetje, ter hoogte van mijn maag. Alsof ik het zag met andere ogen, zo helder en krachtig drong het beeld van het vlammetje zich aan mij op. Op dat moment wist ik maar al te goed dat ik op een tweesprong stond. Ik kon blijven doorgaan met hongeren en anderen op een afstand houden en zo een langzame, vreselijke dood sterven. Ik kon zelfs kiezen voor een vlugge, pijnloze dood, waarna alles zou zijn afgelopen. Het zwarte niets trok me aan en beangstigde me tegelijkertijd.

Tegenover het zwart waren twee bruine ogen die ik zojuist nog bont en blauw had geslagen. Maar nu lachte ik niet om het beeld dat ik voor me zag. Want die ogen, die waren als een spiegel waarin ik mezelf zag weerkaatst. Die ogen, vol leven en hartstocht en gevoel, dat was ik zelf!

Plotseling veranderden de ogen van kleur. Nu waren het de ogen van mijn vader en ik was weer een opgroeiend kind. Ik voelde hoe mijn lichaam andere vormen aannam, uitdijde, breder, langer en onregelmatiger werd, maar de ogen bleven. Ik voelde mijn schaamte, mijn angst om die ogen kwijt te raken, bang dat ze mij zouden beoordelen, veroordelen, afkeuren.

Daar stond ik op de tweesprong, met aan de ene kant de ogen en aan de andere kant het zwarte niets. Het vlammetje roerde zich. Als ik wilde, kon ik er zomaar uitstappen. Het punt van schaamte of schuldgevoel was ik voorbij. Aan mij was de keus of ik met iemand iets te maken wilde hebben of niet.

Ik draaide op mijn zij en voelde een denkbeeldige hand over mijn rug strijken. Kon ik al weg? Was ik al klaar? Had ik niet nog een hoop te leven? Als ik tenminste wilde! De hand gleed naar mijn gezicht en ik vlijde mijn wang erin. Wiens hand was het? Mijn moeders hand, mijn vaders hand, Andreas' hand of mijn eigen hand? Deed dat er nog toe? Ik had immers besloten!

Opnieuw pakte ik mijn dagboek. Schrijven, merkte ik, luchtte me op, vormde een geschikte manier om mijn gevoelens naar buiten te trekken en zo voor mijn neus neer te zetten, dat ik er wel naar móést kijken. Nog uren schreef ik, alles wat er in me opkwam.

Die nacht, alleen op mijn hotelkamer, zocht verdriet van jaren een uitweg naar buiten. Terwijl een nieuw gedicht zich vormde in mijn geest, besefte ik dat het dit keer grotemensentranen waren.

Geholde vingers
als een scherm
om mijn gezicht
verbergen
zilte pijn
voor het licht
van andere ogen

Geschaduwd
door een wenkbrauw
schokken
druppels
in mijn vlees
op de vlucht
voor de warmte
van andere armen

Bang, zo bang
voor de schijn
van ander bloot
schuil ik weg
voor eeuwig
in de schaamte
van de dood

Nog lange tijd staarde ik naar de woorden van mijn gedicht. Ik las het net zo vaak totdat ik er niet meer om hoefde te huilen. Tot ik inzag dat ik niet werkelijk alleen wilde zijn, dat ik niet echt dood wilde, dat ik me alleen geen raad wist met anderen, met mezelf. Diep in mij brandde het vlammetje, hoe miniem ook, dat maar niet wilde doven. De gedachte aan de volgende dag, het bezoek aan de opgravingen, troostte me.

Ik sleepte mezelf naar de spiegel en keek aandachtig naar wat er van me was overgebleven. Twee armen, twee benen, een hoofd en alles wat er verder tussen hoorde te zitten, al was het wat aan de magere kant. In elk geval leek het me voldoende om een nieuwe start mee te maken.

Terwijl ik mezelf zo stond te bekijken, voelde ik ineens een soort rust over me komen. Alsof ik eindelijk doorhad dat ik niet tégen mezelf moest knokken, maar vóór mezelf. Dat ik mezelf niet moest afbreken, maar juist proberen op te bouwen. Dat ik mezelf niet hoefde dood te hongeren om iemand te zijn, want op die manier zou er juist niets van me overblijven.

'Ik ben Han,' zei ik tegen mijn spiegelbeeld en grijnsde om de eenvoudige waarheid van die woorden. Toch leek het alsof ik ze die avond zelf had verzonnen. 'Ik ben Han,' herhaalde ik nog verschillende keren. Met die gedachte stapte ik toen in bed en viel in een droomloze slaap.

Hoofdstuk 4

Met ogen nog dik van de slaap kroop ik de volgende morgen naast Andreas in de auto. 'Waarom zo vroeg?' mompelde ik bijna verwijtend, toen ik zag dat het pas halfzeven was.

'Zeker nooit in Griekenland geweest in de zomer?' zei Andreas lachend, die wist dat dat inderdaad het geval was. 'Wacht maar tot het middag wordt,' zei hij dreigend, terwijl hij met een rotvaart de helling af reed, het dal in.

'Trouwens, nog sorry voor gisteravond,' zei hij toen schuldbewust.

Ik was op slag klaarwakker en keek verwonderd opzij. Aan de blos op zijn wangen zag ik dat hij het meende.

'Ik heb me als een pummel gedragen, maar ik vond het echt ontzettend spannend om je weer te zien,' gaf Andreas ruiterlijk toe.

'Ik ook,' mompelde ik. Misschien was ik zelf ook niet het leukste gezelschap geweest, bedacht ik grootmoedig.

'Heb je trouwens goed geslapen?' vroeg Andreas belangstellend.

Ik haalde mijn schouders op, niet in staat om te liegen.

Andreas wierp een vluchtige blik in mijn richting. 'Je hebt er toch niet over liggen piekeren, of wel?' wilde hij weten.

Ik knipperde een paar keer met mijn ogen. Mijn wangen gloeiden.

Andreas legde een hand op de mijne en ik liet het zo. Ik voelde de warmte van zijn huid tegen mijn handpalm. Verlegen wendde ik mijn hoofd af, maar onbewust trokken mijn vingers zich samen, strakker om Andreas' hand.

'Kijk,' zei Andreas, nadat we aan het begin van de vlakte een bochtige weg waren ingeslagen. 'Dat zijn de resten van de School van Aristoteles.'

Links van de weg was een stuk grond afgezet met een houten hekwerk. We stapten uit en leunden over het hek. Langs een deels begroeide heuvelwand liep een smal pad met hier en daar een bankje, waar bezoekers konden genieten van het prachtige uitzicht. Van de school zelf was niet veel meer over, behalve de rotsen waar ze ooit tegenaan was gebouwd. Slechts de vierkante gaten waarin de steunbalken van het dak hadden gezeten, waren stille getuigen van menselijke aanwezigheid.

'Wat is dat daar?' vroeg ik en wees naar een vreemd gat in de rots, daar waar het pad leek op te houden.

'Dat is de ingang tot een kleine grot. Binnenin staan grote stenen blokken in een halve cirkel. Volgens mij kreeg Alexander de Grote daar les, als het buiten te warm was.'

Rechts van het pad lag in de diepte een soort poel. Nu en dan borrelde er water omhoog. 'Vroeger geloofde men dat in deze bronnen waternymfen woonden,' vertelde Andreas. 'Op de plek waar later de school is gebouwd, was eerst een heiligdom.'

Ik zuchtte. Het was werkelijk een heerlijke plek, zeker zo vroeg in de morgen. 'Zullen we naar binnen gaan?' vroeg ik in een opwelling.

'Een andere keer,' zei Andreas. 'De professor wacht op ons.'

'Heb je trouwens honger?' vroeg Andreas toen we weer in de auto zaten. Hij opende het dashboardkastje en haalde er drie pakjes uit. 'Ik heb gevulde croissants gekocht. Daar zijn we hier gek op.'

Ik had in het hotel niet kunnen ontbijten en rammelde van de honger. 'Graag,' zei ik tot mijn eigen verbazing, want de croissants waren gevuld met een zoetige chocoladepasta. Thuis had ik zoiets nooit door mijn keel kunnen krijgen, maar nu leek het een feest. 'Lekker,' zei ik gemeend en smeerde mijn vingers af aan mijn oude broek, die slobberde om mijn heupen. Me plotseling generend voor mijn magere lichaam, sloeg ik mijn benen over elkaar.

'Ik was trouwens al om zes uur bij je hotel,' bekende Andreas met volle mond.

'Waarom?'

'Om je te zeggen dat het me spijt. Maar ik durfde niet naar binnen te gaan. Ik was bang dat je kwaad op me zou zijn.'

'Wat heb je al die tijd gedaan?'

'Op het terras koffiegedronken en me afgevraagd wat ik tegen je moest zeggen.'

Ik keek Andreas met grote ogen aan. 'Dus terwijl ik lag te slapen, zat jij beneden...'

Daarop schoten we allebei in de lach en deelden de laatste croissant.

We reden over de uitlopers van het Vermiongebergte. Op de meeste akkers die we passeerden stonden fruitbomen die volop appels of perziken droegen. Het water liep me in de mond bij het zien van al het rijpe fruit. Opnieuw voelde ik tranen opwellen. Dit keer waren het echter tranen van ontroering. Ik kon nauwelijks geloven dat ik hier zat, in Griekenland, naast Andreas, op weg naar heuse opgravingen.

Hoewel ik doodmoe was, had de afgelopen nacht me goed gedaan. Een enorme last was van me afgevallen, nu ik oog in oog had gestaan met mijn eigen angst. Ik leek ook iets minder bang voor dat deel van mezelf. Voor het eerst sinds lange tijd was mijn ik zelfs weer toegenomen en leek de verdraaiing van de wereld minder schrijnend. Sterker nog, deze auto met Andreas en mij erin vormde voor even de hele wereld.

Na een minuut of vijf rijden kwamen we in het dorp Kopanos. Ik had erover gelezen in het boek dat Andreas me had toegestuurd. Het was een van de dorpen waar een deel van de antieke stad Miëza onder lag. Ik vond het zo bijzonder, dat ik over een eeuwenoude stad heen reed. En dan nog wel een stad waar Alexander de Grote had gewoond! Onder me lagen de wegen waar hij had gewandeld of gereden op zijn zwarte paard, Voukephalos.

De weg slingerde zich door het dorp. We passeerden de kerk. Op de klokkentoren bevond zich een ooievaarsnest. Een oude man in een versleten, grijs pak stak de straat over. Ik vroeg me af waar hij op dit uur naartoe ging. Bij de doorgaande weg van Veria naar Edessa, twee steden die ook tijdens het leven van Alexander de Grote al hadden bestaan, sloegen we linksaf. Bij het aanleggen van deze weg had men bij toeval een graf ontdekt, dat tegenwoordig bezichtigd kon worden. Later waren er nog meer graven gevonden.

Macedonian Tombs stond op een bordje langs de kant van de weg, met een pijl naar rechts. Deze term werd speciaal gebruikt voor de met name in deze streek veelvoorkomende, langwerpige grafmonumenten, die veel weg hadden van een klein huis of een tempel. Vroeger werden hier vooraanstaande mensen in begraven, zoals leden van het koninklijk huis, waarna het graf werd bedekt met een aarden heuvel. Eeuwenlang hadden deze heuvels deel uitgemaakt van het landschap, totdat archeologen er de laatste vijftig jaar belangstelling voor hadden gekregen en ze stuk voor stuk heropenden.

Bij de afslag zocht ik met mijn ogen het pad af dat naar de graven leidde. Andreas reed echter de andere kant op, een landweg in. Na een paar honderd meter sloegen we opnieuw linksaf, een nog kleiner weggetje in, waar aan het einde het archeologische kamp voor die zomer lag opgeslagen.

Professor Stamatakis stond ons al op te wachten met de rest van de studenten. Er waren drie ouderejaars, die al de nodige ervaring hadden, Maria, Babis en Petros, die bijna was afgestudeerd. Van de jongerejaars had ik Sakis en Thassos de avond ervoor al leren kennen. Verder waren er nog drie meiden, Christina, Elsa en Toula.

Hoewel de professor een vriendelijk voorkomen had, was hij duidelijk een autoriteit. 'Zo,' zei hij, nadat hij iedereen had voorgesteld en aan het werk had gezet. 'De studente uit Nederland. Welkom.'

Andreas, die bij me was blijven wachten, knikte bijna onopvallend maar dwingend met zijn hoofd, waardoor ik begreep dat hij zijn professor had wijsgemaakt dat ik net als de anderen archeologie studeerde.

'In Leiden?' vroeg Stamatakis, die gewoon Grieks tegen me sprak. Ik knikte onzeker.

Toen vroeg hij nog of ik een bepaalde persoon kende, waarschijnlijk iemand van de universiteit. Hoewel ik de vraag niet helemaal had begrepen, zei ik op de gok 'Ja'.

'En jij wilde eens een kijkje komen nemen bij een Griekse opgraving?' ging de professor verder.

'Als het mag,' zei ik hoopvol.

'Tja, mogen en mogen zijn vaak twee verschillende dingen in Griekenland,' antwoordde Stamatikis terwijl hij Andreas en mij om beurten opnam. Toen knikte hij op een manier die ik niet goed kon duiden. 'Andreas, als jij haar nou eens een rondleiding geeft,' zei hij vervolgens.

Dat liet Andreas zich geen twee keer zeggen. Hij wenkte me.

'Denk er wel om dat je de anderen niet te veel afleidt,' voegde Stamatakis er nog aan toe, maar het ontging me niet dat hij Andreas bij het weglopen een vriendschappelijk tikje tegen zijn achterhoofd gaf.

'Oef,' zuchtte Andreas opgelucht, zodra de professor ons niet meer kon horen.

'Was het echt nodig om te zeggen dat ik archeologie studeer?' vroeg ik nieuwsgierig.

'Misschien niet voor een enkel bezoek,' zei Andreas, 'maar ik hoop dat de professor het goed zal vinden dat je wat vaker komt.'

Onwennig liep ik rond. Op het kleine kamp stonden drie tenten, een voor de jongens, een voor de meiden en een voor professor Stamatakis. Naast de tenten stonden plastic tuinstoelen in een kring met twee tafels in het midden. Thassos en Sakis waren er aan het werk. De een las en de ander tekende.

'Dit hier is onze 'huiskamer',' vertelde Andreas terwijl hij Sakis in zijn nekvel kneep.

'Hou op, gek, je ziet toch dat ik zit te tekenen,' viel Sakis uit. Hij duwde zijn elleboog met kracht naar achteren. 'Straks krijg ik op mijn flikker van Stamatakis.'

Andreas ontweek lachend de stomp en richtte zich toen weer tot mij. 'Alles wat we doen, wordt nauwkeurig bijgehouden in een soort logboek.'

'Eten jullie hier ook?' vroeg ik en wees naar een stapel borden op de andere tafel. Op het bovenste bord lag een tiental vorken.

Andreas knikte. 'Meestal wel. 's Morgens drinken we samen koffie en eten we croissants of zo. Tussen de middag hebben we meestal salade met brood en kaas en 's avonds krijgen we een warme maaltijd.'

'Wie kookt er dan?'

'Dat is een nogal maf verhaal,' vertelde Andreas terwijl we verderliepen. 'Eerlijk gezegd is het op zich al vreemd dat een Grieks opgravingsteam in tenten kampeert. Normaliter logeren Griekse archeologen in een pension of hotelletje in de buurt. Maar toen Stamatakis voorstelde om te gaan kamperen, had niemand van ons daar iets op tegen. Bovendien zou het de kosten drukken.'

Andreas wees naar een plek achter de tenten, waar in de schaduw van een paar perzikenbomen een provisorisch keukentje was ingericht met een tweepits gascomfort.

'In het begin aten we 's avonds in een taverne in Kopanos of Naousa. Op een dag raakte Stamatakis echter aan de praat met ene Barba Jannis. We hadden hem hier al vaker zien rondhangen, samen met Fotis, de eigenaar van die perzikenboomgaard. Het scheen dat Barba Jannis nogal wat afwist van de vindplaatsen in Miëza en hij bood aan om voor ons te koken. Sindsdien doet hij boodschappen, brengt jerrycans met water mee en zorgt dat 's avonds het warme eten klaar is.'

'Is hij kok van beroep?'

Andreas schoot in de lach. 'Welnee. Van het eten moet je je ook niet zoveel voorstellen, hoor, want koken kan hij niet erg goed. Ik heb het idee dat Stamatakis er behoorlijk spijt van heeft dat hij met die oude man in zee is gegaan, maar het moeilijk vindt om hem weg te sturen. Bovendien doet Barba Jannis toch een aantal dingen die anders door een van ons moet worden gedaan. Dus nemen we zijn eten maar op de koop toe.'

Het gesprek over eten, dat ik trouwens zelf was begonnen, bracht me enigszins van slag. Het idee dat ik iets moest eten wat ik absoluut niet lekker vond, stond me tegen. Ik probeerde me op iets anders te concentreren en draaide me demonstratief om in de richting van de opgravingen.

'En, hoe is het om in Alexanders voetsporen te treden?' vroeg Andreas uitgelaten.

Ik glimlachte. 'Ik zie alleen maar dor gras en wat stenen,' zei ik plagerig.

Andreas opende zijn armen alsof hij zich wilde verontschuldigen. 'De opgravingen in Miëza krijgen niet zo veel aandacht als die in Pella en Aeges, waar echt fantastische dingen zijn gevonden, zoals mozaïekvloeren en grafkamers vol goud en zilver.'

'Er zijn hier toch ook graven ontdekt?' vroeg ik.

Andreas knikte. 'Erg mooie zelfs, maar jammer genoeg leeg. Ik zal je er een keer mee naartoe nemen.'

Het team bleek over twee *sites* verdeeld te zijn. De meiden werkten op een terrein ten noordoosten van het tentenkamp, waar vroeger openbare gebouwen hadden gestaan. Maria, Christina, Elsa en Toula waren bezig om de resten van een muurfundering bloot te leggen.

'Wat was jij al vroeg uit de veren vanmorgen,' zei Maria tegen Andreas en ze grinnikte verdacht.

'Was jij tenminste eens op tijd je bed uit,' katte hij terug.

Elsa, die op haar hurken voor me zat, draaide zich om en lachte naar me. 'En, hoe vind je het hier?' vroeg ze vriendelijk.

'Gaaf,' zei ik.

'Misschien mag je straks wel meehelpen,' zei Elsa. 'Er is hier nog genoeg te doen.'

Ik knikte. 'Dat zou te gek zijn.'

'Ga je mee?' zei Andreas toen. 'Ik moet aan het werk.'

Via de perzikengaard, die tussen de beide sites in lag, liepen we naar het amfitheater, waar de jongens bezig waren. Er stond een metershoog hekwerk omheen. Ik veronderstelde dat de opgravingen daar het verst waren gevorderd.

Terwijl Andreas aan de slag ging, nam ik plaats op een van de stenen die samen een halfronde tribune vormden en waande me een toeschouwer van een antiek toneelstuk. Als een heuse acteur stond Babis in het midden van het theater, op wat eens de speelvloer was geweest. Voor hem stond een apparaat dat ik herkende van de landmeters die nu en dan metingen verrichtten bij ons in de stad. Onder een houten afdak stond een tafel waar een groot vel papier op lag. Daar tekende Babis zijn resultaten op aan, naar ik aannam de maten van het amfitheater.

Ik tuurde over de vlakte die in al zijn weidsheid voor me lag. Achter me rees het Vermiongebergte op. Ondanks de warmte, die zelfs zo vroeg in de ochtend al als een stinkende deken over ons lag uitgespreid, had ik eindelijk het geluksgevoel weer terug dat ik ook bij de Akropolis had gehad, de avond dat ik Andreas had leren kennen. Meneer Sjo moest eens weten, dacht ik vergenoegd en ik nam me voor om hem een kaart te sturen.

Andreas was inmiddels druk in de weer onder het afdak. Met een borsteltje stond hij een stuk aardewerk schoon te maken. Hij had niet in de gaten dat ik naar hem keek. Het viel me nu pas op dat hij een korte broek droeg met stevige bergschoenen eronder. Zijn armen en benen waren bruinverbrand, zijn haren nat van het zweet. Misschien was ik toch wel verliefd op hem, bekende ik mezelf.

Verderop had Petros ruzie met een kluwen touw dat kennelijk in de knoop was geraakt. Hoe hij ook probeerde, hij slaagde er niet in om het touw te ontwarren. Een paar keer achtereen uitte hij dezelfde, voor mij onbekende termen, maar ik snapte dat hij vloekte van ergernis. Spontaan sprong ik op en bood aan om hem te helpen. Dankbaar liet hij het klusje aan mij over, dat ik in een paar minuten had geklaard.

Vanaf dat moment gaf Petros, die leider was van de jongensgroep, me steeds kleine karweitjes, die ik met veel enthousiasme opknapte. Ondertussen bestookte ik hem met vragen, waarop hij geduldig antwoord gaf. Langzaam maar zeker raakte ik zo betrokken bij het werk, dat ik de tijd totaal vergat. Voordat ik er erg in had, was het al middagpauze en gingen we gezamenlijk terug naar de 'huiskamer'. Ik voelde me apetrots, want ik was niet alleen een hoop te weten gekomen, maar het leek zelfs bijna of ik een lid van het team was. Dat gevoel werd nog versterkt toen Andreas, nadat we onze handen hadden gewassen, mij zijn stoel aanbood en zelf op de grond ging zitten. Ik moest lachen om de jonge-hondjes-blik waarmee hij naar me opkeek.

'Vond je het leuk?' vroeg hij lief.

'Geweldig,' zei ik uit de grond van mijn hart.

'Jammer dat het maar voor één dag is, hè,' ging Andreas verder.

Ik knikte spijtig en staarde ineens onzeker naar de tafel, die vol stond met salades, brood, plakken geitenkaas en flessen water.

'Pak maar, hoor,' zei Elsa, die aan de andere kant naast me zat, met een uitnodigend gebaar.

'Dank je,' zei ik. 'Mag ik misschien wat water?'

Elsa opende een fles water en schonk een glas voor me in, dat ik gulzig aan mijn lippen zette. Ondertussen viel het me op dat Petros en professor Stamatakis nog altijd niet aan tafel zaten. Ze stonden een eindje verderop samen te praten en het leek net alsof ze af en toe mijn kant uit keken. Zouden ze het soms over mij hebben? vroeg ik me angstig af. Zouden ze erachter zijn gekomen dat ik geen studente ben?

Ik brak een stuk brood af en doopte dat net als Andreas in de olijfolie waarmee de salade was aangemaakt. Ik had echter vooral dorst en dronk bijna een fles water leeg.

Aan het begin van de avond, toen ik druk bezig was met een van Petros' karweitjes, kwam professor Stamatakis naar me toe. Ik schrok toen hij plotseling naast me stond en ik was bang dat hij iets onplezierigs zou gaan zeggen. 'Het gaat je goed af, zo te zien,' merkte hij op.

'Eh, ja,' stamelde ik.

'Wat mij betreft kun je morgen ook komen,' zei hij toen onverwacht.

Ik keek hem met grote ogen aan. 'Mag dat?' en ik hoorde zelf hoe kinderachtig het klonk.

'Of het mag, is een andere vraag,' antwoordde Stamatakis, 'maar van mij mag het.'

'Dus u bedoelt,' herhaalde ik, bang dat ik hem niet juist had verstaan, 'dat ik morgen weer mag komen meehelpen?'

'Officieel ben je hier slechts op bezoek,' waarschuwde Stamatakis met opgeheven vinger. 'Vergeet dat niet.'

'Nee, meneer,' zei ik, desondanks dolblij.

Zodra de werkdag was afgelopen, bracht Andreas me terug naar mijn hotel. Dit keer reden we over een andere weg bergopwaarts richting Naousa. Vlak voordat we de stad binnen gingen, minderde Andreas snelheid en wees hij me een klein, wit bepleisterd huisje. In de voortuin, die vol stond met bloemen, zat een oude vrouw op een bankje. Ze droeg donkere kleren en een gebloemde hoofddoek. Ik had niet het idee dat ze ons had gezien.

'Hier woont Barba Jannis, onze zogenaamde kok,' zei Andreas gekscherend.

Ik grinnikte. Eerder die dag had ik een oude man het terrein op zien rijden op een stoffige, groene brommer. Later was ik me aan hem gaan voorstellen, terwijl hij ijverig stond te roeren in een grote pan. Hij had niet bijzonder aardig tegen me gedaan. Veel meer dan een hand en een vluchtige groet hadden er niet vanaf gekund.

'Is dat zijn vrouw?' vroeg ik, mijn hoofd draaiend zodat ik haar nog even kon blijven zien terwijl de auto langzaam verderreed. De vrouw stond nu moeizaam op van haar bankje, wierp een laatste blik om zich heen en trok zich vervolgens terug in het huis.

'Ik denk het,' zei Andreas en hij drukte het gaspedaal in.

Nadat we de auto, die overigens niet van Andreas bleek te zijn maar van Babis, bij het hotel hadden geparkeerd, kochten we twee pita's met gyros en wandelden al kauwend het park in.

'Mooi park, hè?' zei Andreas terwijl hij een van de honderden bloeiende rozen plukte en aan mij gaf.

'Prachtig,' antwoordde ik en stak mijn neus in de bloem.

We liepen langs de rand van het park, dat een schitterend uitzicht bood over het dal. Onder een enorme lindeboom hielden we stil en staarden, leunend op de afrastering, de diepte in.

'Ken je het gedicht *Ithaka* van de dichter Kavafis?' vroeg Andreas.

'Nee, is dat mooi?'

Andreas haalde een verkreukeld papiertje uit zijn broek-zak en gaf het me. 'Ik heb het altijd bij me.'

'Schrijf je zelf ook wel eens wat?' vroeg ik.

'Soms. Als me iets dwarszit.'

'Zoals wat dan?'

'Voordat ik hiernaartoe kwam, heb ik weer eens ontzet-tende ruzie gehad met mijn vader.'

'Waarom?' vroeg ik verbaasd. Ik kon me bijna niet voor-stellen dat de strakblauwe hemel waartegen ik Andreas in gedachten had geplakt ook wel eens wolken vertoonde.

'Hij is het er nooit mee eens geweest dat ik archeologie ging studeren. Hij wilde dat ik arts werd.' Andreas zuchtte somber. 'Ik weet niet hoe het bij jullie is,' ging hij verder, 'maar in Griekenland moet je toelatingsexamen doen om op een universiteit te worden toegelaten. Hoewel ik al jaren ar-cheoloog wilde worden, heeft mijn vader me zo onder druk gezet, dat ik na de middelbare school niet alleen voor ar-cheologie, maar ook voor geneeskunde toelatingsexamen heb gedaan.'

'En?' vroeg ik nieuwsgierig.

'Ik ben gezakt voor geneeskunde.'

'Echt gezakt of heb je het expres verprutst?'

Andreas haalde zijn schouders op. 'Dat is nu net wat mijn vader me verwijt. Dat ik mijn best niet heb gedaan. En dan moet ik weer eindeloos aanhoren dat je als arts geweldi-ge kansen hebt op een goede baan en dat archeologie een vak is voor mietjes en vrouwen. Dat echte kerels niet in de aarde wroeten, maar hun kwaliteiten gebruiken in dienst van de mensheid, bla, bla, bla.'

'Maar uiteindelijk ben je toch gaan doen wat je graag wilde,' merkte ik op.

'Ja, dankzij mijn eigen koppigheid en de hulp van mijn moeder, maar mijn vader is nog altijd woedend. Omdat ik dit jaar niet heb meegedaan aan de herkansing voor genees-kunde, weigert hij me nog langer geld te geven.'

Hoe moet je dan studeren?'

'Studeren is hier gratis; boeken, eten, zelfs het vervoer wordt door de staat betaald. Maar dan heb je verder dus niks, geen kleren, niet uitgaan, nooit eens iets leuks doen of kopen. Bovendien moet ik de huur van mijn kamer zelf betalen. Als ik erbij ga werken, heb ik minder tijd om te studeren.'

'En je hebt nog altijd ruzie met je vader...'

Andreas knikte. 'Daarom was ik ook in Athene die avond, toen ik jou leerde kennen. Om een beslissing te nemen of ik opnieuw mee zou doen aan het examen of zou doorgaan met dat wat ik echt wil.'

Ik zette grote ogen op. 'Maar je zag er helemaal niet...' Ik haperde, omdat ik niet zo gauw op het juiste woord kon komen.

'Overstuur uit?' gokte Andreas. Ik knikte. 'Jij bent niet de enige op wie de Akropolis een rustgevende werking heeft.' Andreas gaf me een knipoog. 'Bovendien ontmoette ik toen jou. En de manier waarop jij zei dat je archeologie zou gaan studeren, gaf voor mij de doorslag.'

'Eerlijk waar?' zei ik ongelovig. Blijkbaar was ik niet de enige voor wie deze opgravingen van levensbelang waren.

Toch zat, ondanks Andreas' vastbeslotenheid, het conflict met zijn vader hem duidelijk niet lekker. Het verbaasde me dat een vader zo onredelijk kon zijn over de keuze van zijn kind. Ikzelf had wat dat betreft nog nooit enige hinder ondervonden, dat moest ik mijn ouders nageven. Ik zocht een manier om Andreas op te beuren.

'Alexander de Grote had ook al problemen met zijn vader,' begon ik. 'Toch heeft hij altijd gevochten voor dat waarin hij geloofde.'

Andreas glimlachte wrang. 'Het grote verschil tussen hem en mij is, dat Alexander en zijn vader uiteindelijk hetzelfde doel nastreefden, namelijk de verovering van het Perzische Rijk.'

'En jouw vader streeft niet hetzelfde doel na als jij?'

'Nee, want hij wil alleen kunnen opscheppen dat zijn

zoon een eigen praktijk heeft als specialist.'

'Of wil hij niet dat je archeologie doet, omdat hij daar nu eenmaal allerlei rare ideeën over heeft? Misschien heeft hij in werkelijkheid alleen jouw geluk voor ogen.'

'Mijn geluk?' zei Andreas verontwaardigd.

Ik haalde mijn schouders op. 'Wat voor werk doet hij zelf eigenlijk?'

'Hij is ambtenaar bij de gemeente Thebe.'

'Misschien vindt hij dat wel ontzettend saai en hoopt hij dat jij als arts een beter leven zult hebben,' opperde ik.

'Maar ik wil helemaal geen arts worden!'

'Nee, dat weet ik wel, maar als je je eens zou afvragen waarom hij werkelijk wil dat jij geneeskunde gaat studeren, komen jullie misschien dichter bij elkaar.'

Ik weet niet welk geheim laatje ik had opengetrokken en waar deze wijze raadgevingen zo plotseling vandaan kwamen, maar Andreas was zichtbaar onder de indruk.

'Misschien heb je gelijk,' mompelde hij. 'Het stomme is dat ik gewoon ontzettend veel geef om die chagrijn.' Er blonken tranen in Andreas' ogen die hij wegpoetste met de rug van zijn hand.

Ik voelde me opgelaten, omdat hij huilde in mijn bijzijn, en tegelijkertijd was ik blij dat hij me in vertrouwen nam. Eigenlijk zou ik hetzelfde willen doen, maar opnieuw stuitte ik op het probleem dat ik niets concreets had om over te vertellen. Niemand had me ooit een strobreed in de weg gelegd om te zijn wie ik wilde zijn. Dus slikte ik een paar keer en las Kavafis' gedicht hardop voor. Andreas verbeterde me daar waar ik woorden verkeerd uitsprak.

'Je hebt een mooie stem,' zei hij toen ik stopte. 'Lees je vaker gedichten voor?'

'Nee, maar ik ken hele stukken van de Ilias uit mijn hoofd,' bekende ik. 'Die oefen ik thuis voor de spiegel.'

'Meen je dat? Laat eens iets horen.'

'Een andere keer,' zei ik ontwijkend, want het feit dat ik hem dit vertelde vond ik al eng genoeg. De *Ilias*, het verhaal dat een deel van de Trojaanse oorlog beschrijft, was namelijk het lievelingsboek geweest van Alexander de Grote. Het had 's nachts onder zijn kussen gelegen of, later, in een kostbaar kistje dat hij op de Perzen had buitgemaakt. Alexander had zichzelf vergeleken met Achilles en voordat hij Azië binnen trok, had hij eerst een bezoek gebracht aan het ook in zijn tijd al beroemde Troje. Ook ik had de *Ilias* al vaak gelezen. De Nederlandse versie lag altijd op mijn nachtkastje en op school lazen we hem in het Oudgrieks.

'Volgens mij heb je een sterk karakter,' merkte Andreas op terwijl hij me van opzij opnam.

Ik wist niet goed wat ik met zijn opmerking aan moest. Onhandig trommelde ik met mijn vingers op het hek. In feite kon ik hem geen ongelijk geven, want ik wist precies wat ik wilde. Ik kon zelfs stoppen met eten als ik dat wilde, dat had ik de afgelopen maanden wel bewezen. Als het moest kon ik lichamelijke behoeften volledig uitschakelen. Misschien, bedacht ik ineens, trok dat me wel aan in Alexander: de stoïcijnse overgave aan een ideaal. Sober eten, weinig slapen, lange dagmarsen, alles vanuit de ijzeren wil om je doel te bereiken. Alleen, en dat was niet slechts bij hem de vraag: was het doel alle offers wel waard?

Wat was míjn doel eigenlijk? Archeoloog worden, de *Ilias* uit mijn hoofd kennen, vloeiend Nieuwgrieks spreken? Of had ik nog een ander doel, een doel dat dieper zat en waar ik minder invloed op kon uitoefenen? Ik dacht terug aan de vorige nacht, aan de tweesprong...

De weg naar de ondergang had ik de afgelopen maanden vaak genoeg gevolgd, in mijn eentje, mijn gevoelens wegstoppend in een groot, zwart gat. Hoe naargeestig deze weg ook was, het was een bekende en veilige weg geworden, want van eenzaamheid kun je leren houden en aan het donker raken je ogen op den duur gewend.

Toch was het de andere weg waar ik die nacht voor had gekozen. De weg van de overwinning, zoals ik hem noemde, was de weg van goed-is-wat-goed-voelt, van de hand die over mijn rug streelde, maar het was ook de weg van het niet-weten, omdat ik voortdurend anderen op mijn pad tegenkwam. En dat betekende dat ik niet meer alles onder controle zou hebben.

Ik wierp een vluchtige blik op Andreas. Hij zag er kwetsbaar uit. Het liefst had ik me tegen hem aan gevlijd. Hij hoefde maar een arm om me heen te slaan. Toch deed hij dat niet. En ik deed ook niks. Ondanks de hunkering leek het alsof heel mijn lichaam zich schrap zette. Niet dat ik niet durfde, ik had al een paar keer verkering gehad. Maar dit keer was het anders. Er stond te veel op het spel. Ikzelf stond op het spel. Nog nooit had ik me zo doorzichtig bij iemand gevoeld. Ik was als de dood dat hij me zou afwijzen. Misschien niet meteen, dacht ik wantrouwig, maar als hij me werkelijk leerde kennen... Waarom was in mijn fantasie toch alles zo veel eenvoudiger?

Later, toen ik terug was op mijn hotelkamer, had ik er natuurlijk spijt van. Andreas had ook zo beteuterd gekeken toen ik hem kort daarop welterusten had gewenst.

'Wat ben je toch een trut,' verweet ik mezelf in de spiegel, maar de zelfverwijten haalden niets uit, hooguit dat ik mezelf nog lulliger voelde. Ik kroop in bed en viel in Alexanders armen in slaap.

Die nacht had ik een bijzondere droom. Samen met familieleden, vrienden en kennissen zat ik aan tafel in het huis van mijn ouders. Ik zat aan het hoofd van de tafel en zag hoe iedereen eten opschepte uit rijk gevulde schalen. Toen ook ik wilde opscheppen, stond er ineens een bordje waterige soep voor mijn neus. Er dreven twee glazige vissenogen in.

Mijn honger was op slag verdwenen. Sprakeloos staarde ik naar het bord met de drijvende ogen. Binnen een paar minuten raakte mijn hele huid overdekt met gele blaasjes, die een voor een openbraken. Er kwam gele pus uit. Hoe meer pus naar buiten stroomde, hoe meer mijn toch al magere lijf wegteerde. En het ergste was: niemand had het in de gaten.

Plotseling fluisterde iemand iets in mijn oor. Daarop pakte ik mijn lepel en sloeg met een enorme klap midden in de soep, die alle kanten opspatte. Verschrikt keken de anderen op, maar niemand zei iets. Met een triomfantelijke blik boog ik vervolgens voorover, schepte mijn bord vol en begon te eten.

Mijn vader was de eerste die lachte en het gesprek weer oppakte.

Hoofdstuk 5

Toen ik de volgende dag, gesterkt door mijn droom, weer terug was in het kamp, bleek dat Toula was weggeroepen naar huis, omdat haar moeder onverwachts was opgenomen in het ziekenhuis. Een stille hoop laaide in me op, maar ik durfde er tegen niemand over te beginnen, zelfs niet tegen Andreas. Zwijgend bleef ik in de buurt van Petros en Andreas, die me stukjes aardewerk lieten schoonmaken met een klein borsteltje.

'Wat ben jij stil vandaag,' zei Petros, nadat we al uren hadden gewerkt.

Ik haalde mijn schouders op, niet wetend wat ik moest zeggen. Ik zou het vreselijk vinden als ik hier niet meer mocht komen. Niet alleen vond ik het werk leuk, maar ook zag ik op tegen de lange dagen die ik dan alleen zou moeten doorbrengen.

'Komt er nu een andere studente?' informeerde ik voorzichtig. 'Ik bedoel voor Toula.'

'Nee, dat denk ik niet,' antwoordde Petros.

'Maar dan hebben jullie toch iemand te weinig,' opperde ik.

'Ja, helaas wel,' zuchtte Petros. 'Het werk schiet toch al niet zo op.' Hij keek me van opzij aan. 'Hoezo?'

'Ik dacht...' begon ik terwijl het zweet me uitbrak. 'Nu ik hier toch ben... Ik zou best, ik bedoel, ik wil best helpen als...'

Andreas viel me gelukkig bij. 'Nu Toula weg is kan Maria vast nog wel iemand gebruiken.'

'Het is geen slecht idee,' gaf Petros toe, 'maar ik vraag me af of de Archeologische Dienst dat goedvindt.'

'Die hoeft het toch niet te weten,' zei Andreas.

Petros legde zijn spullen neer en veegde zijn handen af aan zijn vuile broek. 'Ik ga wel even met Stamatakis praten.'

De tien minuten die volgden leken eindeloos te duren. Ik poetste als een bezetene, totdat ik iemand mijn naam hoorde zeggen. Het was de professor zelf. 'Ik hoorde dat jij Toula's plaats zou willen innemen,' begon hij. Ik knikte. 'Ik heb er op zich geen bezwaar tegen. Het officiële beleid luidt weliswaar dat we niet met vrijwilligers werken, maar Barba Jannis is hier nu toch ook. Hoelang zou je trouwens in Griekenland blijven?'

'Twee weken, meneer,' antwoordde ik.

'Maak er drie of vier van, als je kunt,' stelde de professor voor.

'Ja, meneer,' hoorde ik mezelf zeggen, alsof het de normaalste zaak van de wereld was.

Stamatakis liep weg, maar draaide zich na een paar passen weer om. 'Als je trouwens toch de hele dag meewerkt,' zei hij toen tot mijn opperste verbazing, 'kun je hier misschien net zo goed meteen komen logeren.'

Zo kwam het dat ik diezelfde ochtend nog werd ingedeeld bij de meidengroep.

'Wat zal ik doen?' vroeg ik ijverig.

'Ga maar even zitten,' zei Maria, die duidelijk minder enthousiast was. 'Ik kom zo bij je.'

Op mijn hurken wachtte ik op nadere instructies, maar naarmate die uitbleven begon ik me ongemakkelijker te voelen. Ik kuchte eens overdreven. Elsa was de enige die hierop reageerde. Verbaasd keek ze van Maria naar mij.

'Ze kan mij wel helpen,' stelde ze toen voor.

'Nee, ik zei toch dat ze moest wachten,' zei Maria snibbig.

Ik had de neiging om te gaan malen. Wat heb ik ook alweer gegeten? In sneltreinvaart flitste al het eten dat ik de laatste dagen in mijn mond had gestopt door mijn hoofd. Was het soms te veel geweest? Was ik dikker geworden of juist afgevallen? Ik verzette me uit alle macht tegen deze gedachten. Piekeren over eten had geen zin. Ik moest problemen onder ogen zien, zei ik tegen mezelf, proberen om ze op te lossen. Krampachtig zocht ik naar een manier om de stilte te doorbreken en nam mijn toevlucht tot een vraag.

Het was me de eerste dag al opgevallen dat Maria het terrein waar de meiden aan het werk waren niet met touw had afgebakend, zoals ik in boeken en tijdschriften vaak was tegengekomen. Hierover bedacht ik een vraag, die ik eerst nog een paar keer in mezelf repeteerde.

'Ik dacht dat archeologen altijd touwtjes spanden over hun opgravingen,' begon ik voorzichtig. Ik had echter al gauw spijt van mijn opmerking.

'We weten heus wel wat we doen,' zei Maria afgemeten. 'Touwtjes spannen, dat is echt iets voor Nederlanders.'

'Hoe bedoel je?' zei ik, geschrokken van haar felheid.

'Ik ben bij iemand op bezoek geweest in Nederland,' vertelde Maria meer tegen de anderen dan tegen mij. 'Die vrouw had een groentetuin vlak bij het treinspoor. Ze had door haar hele tuin touwtjes gespannen. Ik dacht al dat ze bezig was met een opgraving.' Maria keek mij even aan, alsof ik er ook maar iets mee te maken had, en ging toen spottend verder. 'Bleek dat ze die touwtjes gebruiken bij het inzaaien. Alsof jullie groenten zonder touwtjes niet weten welke kant ze op moeten groeien!'

Maria schaterde het ineens uit en Christina lachte schaap-achtig met haar mee. Alleen Elsa lachte niet.

Maria was nu op dreef en ratelde vrolijk verder. Door haar rappe tongval miste ik veel woorden, maar uit de toon maakte ik op dat ze het niet zo op had met niet-Grieken.

'De Griekse bodem zit zo vol met schatten dat we van gekkigheid niet weten waar we moeten beginnen met gra-ven. Daar hebben we echt geen touwtjes voor nodig,' be-sloot ze haar verhaal.

Ik had zin om weg te lopen. Niet alleen vanwege haar botheid, maar vooral omdat ik wist dat ze geen gelijk had. Uit dat wat ik tot nu toe had gelezen, had ik opgemaakt dat archeologische opgravingen in Griekenland met de grootste zorgvuldigheid werden uitgevoerd. En ook Maria kwam niet over als iemand die er met de pet naar gooide. Opgelaten kwam ik overeind.

'Maken jullie ook geen tekening van deze gebouwen?' waagde ik nog te vragen.

'Moet je eens luisteren, juffie,' beet Maria me ineens toe. 'Wij weten heus wel hoe we met onze oudheden moeten omgaan. Daar hebben we geen betweterige buitenlanders bij nodig. Die hebben hier al genoeg verpest.' Maria had niet in de gaten dat professor Stamatakis achter haar was komen staan en het laatste deel van het gesprek had opgevangen.

'Han is mijn gast,' zei hij streng. 'Ik zou maar op mijn woorden letten als ik jou was.'

Met een gekwetste blik draaide Maria zich naar hem om. 'Het was maar een grapje, meneer,' zei ze verontschuldigend.

De professor negeerde haar opmerking, pakte wat gereed-schap van de grond, een soort troffel, een borsteltje en een mesje, en gaf ze mij. 'Heb je hier ooit mee gewerkt?' Ik ont-kende. 'Elsa zal je wel helpen,' zei hij toen. Even legde hij geruststellend een hand op mijn schouder.

Toch was ik behoorlijk uit het veld geslagen. 'Als u liever heeft dat ik wegga,' stotterde ik.

Stamatakis schudde zijn hoofd en richtte zich vervolgens

tot de hele groep. 'Ik wil dat jullie samenwerken. Alleen als je het idee hebt dat iemand haar werk niet naar behoren doet, dan kom je naar mij.'

Nog natrillend zakte ik naast Elsa door mijn knieën.

'Trek het je niet aan,' fluisterde Elsa. 'Zo is ze nu eenmaal. En in haar werk is ze echt goed, heel bevlogen. Misschien doet ze juist daarom zo stom tegen je.'

'Hoezo?' vroeg ik terwijl ik vanonder mijn wimpers naar Maria gluurde.

'Afgelopen eeuwen zijn er nogal wat Griekse oudheden mee het land uit genomen door buitenlanders. Maria is een van de mensen die vinden dat Griekenland het recht heeft om die spullen terug te krijgen. Bovendien vindt ze dat buitenlanders niks te zoeken hebben bij Griekse opgravingen.'

'Maar ik kom toch alleen maar helpen?'

'Daarom is de professor het ook niet met haar eens. Wel over het feit dat archeologische vondsten thuishoren in het land waar ze zijn opgegraven, maar niet over de buitenlandse hulp. Hij zegt altijd: "Een echte wetenschapper wil enkel meer te weten komen. Hij zoekt en graaft om een completer beeld te krijgen van een bepaald onderwerp. Daarom moet wetenschap ook losstaan van politieke en economische belangen. En een wetenschapper moet niet worden gehinderd door staatsgrenzen." '

'Klinkt mooi,' zei ik. 'En wat vind je zelf?'

Elsa glimlachte. 'Ik vind het gewoon leuk dat je er bent.'

Andreas zag ik later die ochtend pas weer, toen we elkaar toevallig tegenkwamen in de perzikengaard die tussen beide opgravingen in lag.

'Ha, collega,' begon Andreas terwijl hij een rijpe perzik van een boom trok en aan mij gaf. 'Hoe gaat het?'

Ik rook aan de vrucht, die zo groot was dat hij maar net in mijn hand paste. Toen vertelde ik Andreas in het kort wat er die ochtend was gebeurd. 'En hoe is het bij jullie?' liet ik erop volgen.

'O, zo zijn gangetje.' Andreas plukte nog een perzik en zuchtte.

'Is er iets?' vroeg ik.

'Heb je zin om straks samen te gaan wandelen?' vroeg Andreas.

'Ik wil wel,' antwoordde ik, vlak voordat ik mijn tanden in de perzik zette, 'maar ik moet mijn rugzak nog ophalen in Naousa en mijn ouders opbellen om te vragen of ik langer mag blijven.'

'Dat doen we vanavond wel,' zei Andreas. 'Daar is het nu veel te heet voor. Dus we gaan wandelen?'

'Oké,' zei ik slurpend, omdat het sap langs mijn kin droop.

'Kijk maar uit,' waarschuwde Andreas. 'Als Fotis ziet dat je zijn perziken eet, ben je nog niet jarig.'

'Wie is Fotis ook al weer?'

'De eigenaar van deze bomen. Hij heeft het niet zo op archeologen. Ik denk dat hij bang is dat we zijn land willen omspitten.'

'Mag dat zomaar?'

'Als wij vermoeden dat er belangrijke oudheden onder zijn boomgaard liggen, kan de Archeologische Dienst zijn land voor een of meerdere jaren in beslag nemen. Hij krijgt zijn gederfde inkomsten dan vergoed. Daarna krijgt hij zijn land terug of, als er bijvoorbeeld waardevolle graven zijn gevonden, wordt zijn land opgekocht.'

'Maar dan verliest hij er toch niks mee?' meende ik.

'Financieel niet, nee. Maar voor sommige boeren is hun grond waardevoller dan dat wat erin zit. Feit is dat die Fotis ons met argusogen in de gaten houdt.'

Ik gooide de pit zo ver ik kon en probeerde me Fotis voor de geest te halen. Waarschijnlijk had ik hem de vorige dag al gezien toen hij een praatje stond te maken met Barba Jannis, de kok.

Zodra ik weer aan het werk was, vertelde ik Elsa dat ik na het middageten met Andreas zou gaan wandelen.

'O, leuk,' zei ze giechelend. 'Weet je,' fluisterde ze toen, 'dat Christina al heel lang verliefd op hem is?'

'Op wie? Op Andreas?'

Elsa knikte. 'Je kunt wel merken dat ze stikjaloers is.'

Ik wilde net vragen op wie ze dan jaloers was, toen ik aan mezelf dacht. 'Maar Andreas en ik hebben niks, hoor,' ontkende ik stellig. 'We zijn gewoon vrienden.'

'Volgens mij zou ze daar al een moord voor doen, om vrienden met hem te worden,' zei Elsa simpelweg.

Zo praatten we vanonder onze strooien hoeden honderduit. Meidenpraat, zoals ooit met Mink. We hadden er alle gelegenheid voor, want na Stamatakis' berisping had Maria het werk zo ingedeeld, dat zij en Christina een eind bij Elsa en mij uit de buurt zaten.

'Tjonge, jonge, wat is het heet,' kreunde ik toen we gingen eten en wiste het zweet van mijn voorhoofd.

Maria haakte er meteen op in. 'Zweten is goed voor je,' beweerde ze. 'Om wat kilo's kwijt te raken. Maar dat heb jij natuurlijk niet nodig,' voegde ze er boosaardig aan toe.

'Ik vind dat een vrouw best wat voller mag zijn,' zei Christina, die naar mijn maatstaven ronduit dik was.

Ik beet op mijn onderlip. Gewoonlijk zou een dergelijke opmerking me enorm aan het twijfelen hebben gemaakt. Wat vinden anderen eigenlijk van mij? Ben ik wel goed zoals ik ben? Misschien – en die gedachte was nieuw – moesten ze me maar nemen zoals ik was. Opnieuw zag ik de droom over de soep voor me en in gedachten gaf ik nogmaals een flinke klap met de lepel. De soep spatte in Maria's gezicht.

Toen Andreas en ik over het landweggetje slenterden, kwam Barba Jannis ons tegemoet op zijn brommer. Achterop stonden twee jerrycans in een plastic kratje dat vervaarlijk heen en weer schudde. Omdat Barba Jannis met zijn ene hand het stuur bediende en met zijn andere het kratje tegenhield, groette hij ons slechts met een hoofdknik.

'Ik vind hem maar een vreemde man,' zei ik, omdat ik de vertaling van 'stug' niet kende. 'Hoe ik ook mijn best doe om iets aardigs te zeggen, er kan geen lachje af.'

'Och,' zei Andreas. 'Volgens mij is hij gewoon een beetje gefrustreerd. Ik heb je toch verteld dat hij zich al jaren bezighoudt met de opgravingen in Miëza. Alleen neemt niemand hem serieus, omdat hij geen archeoloog is. Maar als je het mij vraagt, weet hij dingen die hij niet aan Stamatakis vertelt.'

'Je bedoelt vondsten?'

'Babis zegt dat hij hier vaak rondscharrelt, niet alleen waar wij bezig zijn, maar ook verderop, richting Naousa. Daar ligt nog minstens een dozijn graven. Het schijnt dat hij elke steen vanbuiten kent.'

We hadden inmiddels de grote weg bereikt en staken die over. 'Waar gaan we naartoe?' vroeg ik nog, maar Andreas pakte mijn hand en trok me zwijgend mee.

We volgden een onverharde weg, die dwars door akkers liep, en passeerden het treinspoor. Even later doemde links van ons een gebouw op, dat zo'n twee meter boven het maaiveld uit stak. 'We zijn er,' zei Andreas.

Nieuwsgierig liep ik om het ongewone gebouw heen, dat aan de voorkant was afgezet met een hek. Achter het hek leidde een stenen trap de diepte in naar een ijzeren schuifdeur van zeker negen meter hoog, die de tombe erachter aan het oog onttrok. Met ingehouden adem pakte ik Andreas bij zijn arm. 'Kunnen we erin?' vroeg ik hoopvol.

'Even vragen,' antwoordde Andreas. 'Meneer Jorgos?' riep hij vervolgens in de richting van een stenen gebouwtje dat dienst deed als kassa. 'Bent u daar?' Andreas wilde juist op de deur kloppen, toen deze openzwaaide en een man van een jaar of vijftig naar buiten stapte.

'Goedemiddag,' begon hij vrolijk en hij gaf ieder van ons een hand. 'Ben je daar weer?'

Andreas knikte. 'Mogen we de graven nog een keer zien?'

'Met alle plezier. Daarom zit ik hier. Wacht, even de sleutels pakken.'

'Hoeven we niet te betalen?' fluisterde ik.

'Wij niet in elk geval,' zei Andreas. 'Jorgos is een geschikte vent. Hij doet al jaren mee aan de opgravingen hier, ook al is hij geen archeoloog. Nu is hij hier vaste bewaker.'

'Misschien een leuk baantje voor Barba Jannis,' opperde ik.

Jorgos onderbrak ons gesprek, opende het hek rond het grote gebouw en ging ons voor de trap af. Vervolgens schakelde hij het alarm uit, ontgrendelde de zware ijzeren deur en schoof hem open.

Waarschijnlijk zakte mijn mond open, vol ontzag over dat wat ik te zien kreeg. Andreas schoot tenminste spontaan in de lach toen hij de uitdrukking op mijn gezicht zag. Hoewel het graf in de steigers stond, herkende ik het onmiddellijk van een van de foto's uit het boek dat Andreas me had toegestuurd. Het was het grootste Macedonische graf dat in Noord-Griekenland was gevonden, gemaakt van tufsteen. Het heette 'Graf van het oordeel', vanwege de afbeeldingen op de voorgevel, die ruim acht meter hoog en breed was.

'Wie ligt hier nu precies begraven?' vroeg ik.

'Dat weten ze niet,' vertelde Jorgos, 'omdat het graf door plunderaars is leeggeroofd. Maar waarschijnlijk gaat het om een generaal uit het leger van Alexander de Grote.'

De voorgevel was versierd met versleten, maar nog altijd prachtige fresco's. Tussen de halve zuilen die de gevel in even grote vlakken verdeelden, stonden vier personen afgebeeld.

'Kijk, daar links is de generaal,' vertelde Andreas. 'Er zijn mensen die beweren dat dit Pevkestas is, een van Alexanders jeugdvrienden, die samen met hem les heeft gehad in de School van Aristoteles. Hij is jarenlang satraap geweest in Perzië, een soort provinciebestuurder, maar na Alexanders dood is hij verjaagd en teruggekomen naar Miëza.'

'Ik heb anders niks over hem gelezen in je boek.'

'Nee. Het valt ook moeilijk te bewijzen dat hij het is.'

Naast de generaal stond de god Hermes, die de doden begeleidde naar de onderwereld.

'En rechts, wie zijn dat?' vroeg ik.

'Dat zijn de rechters die een laatste oordeel uitspreken over de doden, voordat ze vertrekken naar de Onderwereld. Vroeger geloofden de Grieken dat er één rechter was voor de Europeanen en één voor de Aziaten.'

Omdat het graf niet toegankelijk was voor bezoekers, gluurden we tussen twee steigerpalen door naar binnen. Achter het voorvertrek lag de ondergrondse dodenkamer. Op twee witmarmeren toegangsdeuren na, die op de grond lagen, was de ruimte leeg. Geen dode, geen grafgeschenken, geen overblijfselen. Niets dat nog deed denken aan de ongetwijfeld belangrijke persoon voor wie dit graf indertijd was gemaakt.

Na het 'Graf van het oordeel' bezochten we nog een tweede graf, dat 'Graf van de bloemen' was genoemd vanwege de wanddecoratie in het voorvertrek. Dit graf mochten we wel vanbinnen bekijken, terwijl meneer Jorgos buiten een sigaret opstak. 'Jij weet er vast nog meer vanaf dan ik,' zei hij vol vertrouwen tegen Andreas.

Na de hitte buiten was het voorvertrek aangenaam koel. Ik vond het overweldigend, bijna verontrustend, dat ik iemands laatste rustplaats betrad. Terwijl Andreas me uitleg gaf over de muurschilderingen en de rest van het graf liet zien, kwam een lugubere gedachte in me op. Stel dat ik er niet meer was, omdat ik toch was doorgegaan met hongeren, en ik werd begraven. Zou mijn graf dan het volgende opschrift krijgen?

Hier ligt Han,
tijdens haar leven was zij reeds een skelet

Plotseling had ik overal kippenvel. Ik pakte mijn armen beet en zoog lucht naar binnen.

'Koud?' vroeg Andreas.

Ik knikte en barstte onverwacht in huilen uit. Geschrokken sloeg Andreas zijn armen om me heen, maar hij vroeg gelukkig niks. In de intimiteit van de grafkamer liet ik me troosten en nog een poos stonden we stil tegen elkaar aan, totdat meneer Jorgos riep waar we bleven.

De eerste nacht in het kamp kon ik niet in slaap komen. Met veel moeite had ik ergens een campingmatje op de kop getikt, maar het was verre van comfortabel. Bovendien zat er niet veel vet aan mijn lijf, waardoor mijn botten als messen in mijn huid leken te steken. Het laken, dat ik van Andreas had geleend, hield ik hoog opgetrokken tot aan mijn kin. Niet omdat ik het koud had, integendeel, we lagen te ver van zee om enig profijt te hebben van een verkoelende zeewind, maar omdat het rook naar Andreas.

Zijn reactie die middag in het graf had diepe indruk op me gemaakt. 'Ik had al zo'n idee dat je ergens verdrietig over was,' was het enige wat hij had gezegd.

Alweer dat woord! Verdrietig. Valt het soms van mijn gezicht te lezen? Ik had geen tijd gehad om er verder over na te denken, want meneer Jorgos wilde ons nog van alles vertellen en daarna moesten we weer aan het werk.

's Avonds was Andreas er pas weer over begonnen. Met het excuus dat we mijn spullen gingen ophalen, waren we nog vóór het avondeten naar Naousa gereden. Daar had ik hem bij een pizza het hele verhaal verteld. Nou ja, verhaal, alle brokstukken waaruit mijn leven de laatste maanden leek te zijn opgebouwd. Mijn angst om dikker te worden, de strijd met mijn ouders, mijn toenemende eenzaamheid op school, zelfs de verdraaiing van de wereld had ik proberen uit te leggen. Hoewel het niet eenvoudig was geweest om een en ander in het Grieks, aangevuld met wat Engels, te verwoorden, was Andreas de eerste bij wie ik tenminste een poging had gewaagd.

Na afloop had hij niet veel gezegd, hooguit wat vaker door zijn haren gestreken.

Ik draaide me om naar Elsa, die op haar rug lag te slapen. In het licht van de maan, die door de ventilatiegaten naar binnen scheen, kon ik de contouren van haar gezicht en lichaam onderscheiden. Het viel me nu pas op dat ze wel iets weg had van Mink: de donkere ogen, het korte, zwarte haar, de mooie, volle borsten, die duidelijk zichtbaar waren door haar nachtpon heen. Elsa was, net zoals Mink, zo veel sensueler dan ik, een echte vrouw. Ik was meer een meisje.

Toch liet Andreas, tot mijn grote verwondering, aan alles merken dat hij mij leuk vond. Op de hotelkamer, waar ik na het eten mijn kleren bij elkaar zocht, had hij als een onrustig dier heen en weer gelopen. Pas toen mijn rugzak klaar stond, had hij me bij mijn pols gepakt en zachtjes naar zich toe getrokken. Zijn gezicht was heel dicht bij het mijne geweest, zijn mond had de mijne aangeraakt, zijn hand had mijn haren gestreeld... en toen had ik me uit zijn omhelzing losgemaakt.

'*Pame*,' had ik gezegd. Zonder spijt had ik de deur achter ons dichtgedaan en de sleutel afgegeven bij de receptie.

Nu moest ik lachen om het voorval. De manier waarop ik *pame* had gezegd, had zo ongewoon geklonken. Het was geen vraag geweest, waarbij ik het antwoord aan de ander overliet, noch een bevel. Ik had eenvoudigweg mijn grens aangegeven. Tot hier en niet verder, hoe aardig ik hem ook vond.

Plotseling had ik zin om op te staan en buiten mijn benen te strekken, maar de wilde honden, die af en toe venijnig blaften, weerhielden me. Op mijn horloge was het twee uur. Ik vroeg me af wat me nu eigenlijk uit mijn slaap hield. Ik lag niet te piekeren, mijn eetgedachten waren aanzienlijk afgenomen, ik had het hier enorm naar mijn zin, en desondanks was ik klaarwakker.

Lag het misschien aan het telefoontje naar huis die avond? Ik had mijn moeder aan de lijn gekregen. Aanvankelijk had ze blij geklonken, maar toen ik haar vroeg of ik een of twee weken langer mocht blijven, was ze moeilijk gaan doen.

'Maar dan is je vakantie al bijna om als je thuiskomt,'

had ze op een toon gezegd die normaal medelijden bij me zou hebben opgewekt. De pizza had ineens als een baksteen op mijn maag gelegen. De fysieke afstand had me echter geholpen om door te zetten.

'Wat geeft dat nou?' had ik geprotesteerd. 'Ik ben toch over. De school begint half augustus pas weer.'

'Maar dan zien wij je zo weinig.'

Wees blij, had ik haar willen toesnauwen, maar daarmee zou ik het zeker hebben verprutst. Dus had ik nogmaals uitgelegd hoe tevreden de professor over me was en hoe hij had aangedrongen om te blijven. Ten slotte waren we tot een compromis gekomen. Als ik het wist te regelen bij de vliegtuigmaatschappij mocht ik een week later thuiskomen.

'Eet je goed?' had ze er nog aan toegevoegd.

'Ja, mam,' had ik braaf geantwoord.

Toch zat het 'm niet in het eten, realiseerde ik me, nu ik het gesprek probeerde terug te halen. Het ging om verantwoordelijkheid dragen, voor dat wat ik graag wilde, voor mijn gevoelens, voor mezelf. Mijn angst om dikker te worden was in feite angst om deze verantwoordelijkheid op me te nemen. Mijn moeder wilde dat ik me als een volwassene gedroeg, maar zij was juist degene die me daarbij in de weg stond. Waarom had ze me niet aangemoedigd nu ik eindelijk iets deed dat ik goed kon? Waarom had ze me niet gesteund nu ik mijn best deed om mijn leven een andere wending te geven? Ik hield heus wel van mijn moeder, maar ik wilde niet worden zoals zij, niet op die manier volwassen. En daarom moest mijn lichaam er ook niet uitzien als dat van een volwassene. Tijdens het telefoongesprek had ik dat heel duidelijk gevoeld.

Ik had haar nog zo graag willen vertellen dat Elsa een vaasje had gevonden die dag. Een bruin, aardewerken vaasje van voor Christus met een oortje en eenvoudige, geschilderde versieringen.

'Kijk,' had Elsa uitgeroepen, toen haar vingers op een ronde vorm waren gestuit. Ik had haar mogen helpen en in totaal hadden we de zeven stukken zorgvuldig weten bloot te leggen. Nadat Thassos en Sakis de exacte vindplaats hadden geregistreerd, had Petros de delen vakkundig aan elkaar gelijmd.

'Goed werk, dames,' had hij gezegd, en zelfs Maria had dat beaamd.

Ik draaide me op mijn rug en ineens wist ik waarom ik niet kon slapen. De verdraaiing van de wereld leek te zijn verdwenen! Mijn lijf voelde hetzelfde aan als Han's lijf. Mijn gedachten waren Han's gedachten. Mijn *pame* klonk net zoals Han's *pame*. Eindelijk viel mijn ik volledig samen met mijn naam.

'Ik ben Han,' verzuchtte ik dankbaar.

Hoofdstuk 6

Het leven in het kamp was behoorlijk primitief. Aangezien er geen stromend water was, wasten we onze handen en poetsten onze tanden met het water uit de jerrycans, die dagelijks werden bijgevuld door Barba Jannis. Het toilet was een zelfgegraven kuil met een houten geraamte eromheen waar een stuk zeildoek over hing. Doorspoelen bestond uit elke keer een laagje aarde de diepte in gooien, net zo lang totdat de kuil vol was en we een nieuwe groeven. We maakten vaak grapjes over het feit dat andere archeologen deze kuilen zouden vinden en uitgraven.

'Waarom wilde u eigenlijk niet in een hotel logeren?' had ik op een dag aan de professor gevraagd. 'Dat is toch veel comfortabeler.'

Stamatakis had geglimlacht om mijn vraag. 'Ik vind het heerlijk, wonen in de natuur,' had hij bekend. 'Met mijn kinderen ga ik vaak kamperen in de zomer. Als ik geen opgravingen doe, natuurlijk. Toen ik in Italië studeerde, heb ik verschillende keren meegedaan met een internationaal opgravingsteam. Dan verbleven we ook in tenten.'

De meeste dagen hielden we er eenzelfde dagindeling op na. Vanwege de warmte probeerden we zo veel mogelijk de ochtenduren te benutten voor het graafwerk, met een koffiepauze rond negen uur. Tegen tweeën stopten we, aten wat en rustten tot een uur of vijf. Omdat het 's middags nauwelijks uit te houden was in de tent, zochten we liever een plekje in de schaduw van de perzikenbomen, waar wat oude dekens waren neergelegd. We sliepen, schreven of kletsten, totdat het tijd was om weer aan het werk te gaan. 's Avonds deden we meer aanvullend werk zoals foto's uitzoeken, in het logboek schrijven, schetsen maken of vondsten schoonmaken, aan elkaar lijmen en nauwkeurig catalogiseren. Tegen acht uur eindigde de dag met een gezamenlijke maaltijd en een gesprek over onze vorderingen.

Stamatakis had in Kopanos een afsluitbare loods gehuurd waarin na het werk alle vondsten van die dag werden opgeborgen. Dat had hem veiliger geleken en nu hadden wij alleen de zorg voor onze persoonlijke eigendommen. Met name op zondag, onze enige vrije dag, kwam dat goed uit, omdat iedereen, ook de professor zelf, zo gelegenheid had om familieleden op te zoeken, terug te gaan naar Thessaloniki of, zoals wij, andere opgravingen te gaan bezichtigen.

Op onze eerste zondag samen wilden Andreas en ik eerst naar de musea van Pella en Aeges en vervolgens naar het strand. Op de heenweg kregen we een lift van Babis, die met Petros naar Thessaloniki ging. Naast Elsa waren zij de mensen met wie ik het het best kon vinden in het kamp.

'Je bent goed bruin geworden,' zei Babis tegen me, met een blik op mijn verkleurde benen.

Ik bloosde. Na een paar dagen had ik het niet meer uitgehouden in mijn lange broek en deze verruild voor een korte. De eerste keer dat ik me met blote benen had vertoond, was ik nog vlug bij de anderen gaan staan, zodat het minder opviel. Niemand had er echter iets van gezegd, waardoor het ook voor mezelf langzaam op de achtergrond was geschoven. Nu Babis me er weer op attent maakte, merkte ik dat ik in sommige opzichten echt was veranderd.

Niet dat ik ineens totaal iemand anders was geworden, alsof er een soort wonder aan me was voltrokken. Het was, geloof ik, meer het ontwaken van een besef, namelijk het besef dat ik ook anders kon zijn dan ik me doorgaans voelde. Dat moment waarop ik een geheel had gevormd met mezelf maakte alle verschil, want ik wist dat ik nooit meer zou ophouden met zoeken, nooit meer zou stoppen met verlangen naar dát geweldige moment.

Het feit dat ik durfde open te staan voor Babis' goedbedoelde opmerking, zonder mijn gevoelens te verzuipen in golven eetgedachten, was voor mij een teken dat ik niet meer dezelfde Han was als degene die een week geleden van huis was gegaan. Hier zat ik niet in de eenzame positie als waarin ik me op school had gemanoeuvreerd, het verstikkende net waar ik maar niet uit kon loskomen. Hier was ik vrij. Vrij om een nieuwe ik op te bouwen.

'Wat gaan jullie vandaag doen?' vroeg ik belangstellend.

'Douchen!' juichte Petros, die achter het stuur zat. 'En fatsoenlijk eten.'

'En televisie kijken,' vulde Babis aan.

'Op een echt bed liggen,' zei Petros lachend.

'Een leuk meisje versieren in het park.' Babis grijnsde naar me. 'Daar hoeft Andreas zich tenminste geen zorgen over te maken.'

'Jij wel dan?' vroeg ik.

'Ik zit te veel met mijn neus in de aarde,' klaagde Babis.

Ik grinnikte om zijn opmerking.

We reden inmiddels over een lange, rechte weg. Toen ik links van me de resten van een groepje zuilen zag uittorenen boven het verder vlakke landschap, stopte Petros naast een laag gebouw waar vermoedelijk het museum van Pella in was gehuisvest.

'Veel plezier vandaag,' wensten Babis en Petros.

'Jullie ook,' zeiden Andreas en ik in koor. 'Tot vanavond.'

Stap voor stap wandelde ik rond een van de prachtige mozaïekvloeren, die vroeger de centrale binnenhof van een groot huis had gesierd. Van de rondom liggende kamers was niet veel meer over, behalve een stuk muur en een enkele zuil. Met mijn hoofd meedraaiend nam ik elk detail van de vloer in me op en vroeg me af wie ooit het engelengeduld had gehad om de duizenden rivierstenen op hun plaats te leggen.

'Wat ben je toch aan het doen?' vroeg Andreas na de derde ronde.

'Weet je nog, dat mozaïek dat nu binnen aan de muur van het museum hangt, van Alexander de Grote die op jacht is?'

Andreas knikte. 'Met die leeuw bedoel je?'

Om me beter te kunnen inleven, ging ik in dezelfde houding staan als Alexander op het mozaïek. Ik spreidde mijn benen, mijn rechterbeen gebogen waardoor ik naar rechts helde. Ik boog mijn rechterarm en tilde een speer de lucht in. Met mijn linkerhand hield ik voor alle zekerheid nog een zwaard vast. Schuin voor me stond de leeuw die ik van plan was te doden. Achter de leeuw stond een vriend van me, ook met een zwaard in de aanslag.

'Stel je voor, je bent zeventien jaar, en je ligt zo op de vloer van een rijke koopman,' zei ik vervolgens met beginnende kramp in mijn been.

'Alexander staat er anders wel in z'n blootje op,' merkte Andreas droog op.

Ik stak mijn tong uit en wierp de denkbeeldige speer dwars door Andreas' borst.

'Pas maar op,' zei ik dreigend, 'ik ga Azië veroveren.'

'Dat zou je nooit lukken,' zei Andreas terwijl hij de speer met moeite uit zijn borst trok.

'Waarom niet?'

'Omdat jij niet leeft in de tijd van Alexander de Grote. Wat hij heeft gepresteerd zou nu niet meer kunnen. Volgens mij wordt een groot iemand als hij niet alleen bepaald door zijn eigen kwaliteiten, maar ook door de omstandigheden van het moment.'

'Je bedoelt toeval?'

'Zijn grootste geluk was dat hij werd geboren toen de tijd rijp was voor de verovering van Azië. Vaak wordt vergeten dat het Temenidische koningshuis, waar Alexander lid van was, hier al meer dan drie eeuwen aan de macht was. Koningen als Alexander I, Archelaos en Alexanders vader Philippos II hadden al een hoop voorwerk verricht. Zij hadden ervoor gezorgd dat Macedonië een belangrijke politieke macht was met een sterk leger en handelsbetrekkingen met de rest van Griekenland. Ook op cultureel en kunstzinnig gebied speelde dit land een rol van betekenis. Zonder hun hulp had Alexander het nooit gered.'

'Wiens idee was het eigenlijk om naar Azië te gaan?' vroeg ik verder.

'Van Philippos II. Als leider van alle Grieken wilde hij wraak nemen op de Perzen, omdat die een eeuw ervoor Athene hadden geplunderd en platgebrand. Bovendien wilde hij de Griekse steden in Klein-Azië, zoals Milete en Ephese, bevrijden. Helaas werd Philippos toen vermoord in het theater van Aeges en erfde Alexander zijn plannen.'

'En die heeft hij ook uitgevoerd,' zei ik, bijna trots.

'Ja, maar het was Philippos die ervoor had gezorgd dat Alexander een goede opleiding kreeg. Door de lessen van Aristoteles was hij op de hoogte van de Griekse ideeën over literatuur, theater, politiek, wetenschap en filosofie. Hierdoor was hij tot de overtuiging gekomen dat het mogelijk was om een rijk te stichten waarin alle volkeren in vrede zouden samenleven. Met de plannen van zijn vader en dat ideaal van een multiculturele samenleving in zijn achterhoofd, is Alexander hier vertrokken. Hij werd niet alleen vergezeld door militairen, maar ook door allerlei wetenschappers, die onderweg onderzoek deden. Het was zijn bedoeling dat de onderworpen volkeren aan de ene kant werden gerespecteerd en aan de andere kant nieuwe inzichten kregen bijgebracht. Er werden wel zeventig steden gesticht, die allemaal Alexandrië heetten. Iedere stad kreeg een school, een parlement, een theater, een bibliotheek en goede wegen. Het Grieks werd een zeer belangrijke, gemeenschappelijke taal.'

'Wat is er eigenlijk waar van de verhalen dat Alexander aan de drank was?' vroeg ik terwijl we verderliepen langs de resten van Pella.

'Ik denk dat er genoeg over geschreven is om het te geloven,' zei Andreas. 'Sommigen zeggen zelfs dat ie daaraan kapot is gegaan.'

Andreas en ik passeerden het immense marktplein dat vroeger omgeven was geweest door talloze winkeltjes en werkplaatsen. Zou Alexander, toen hij als prins over dit plein liep en net zo oud was als ik nu, ook deze twijfels hebben gekend? Zou hij zich, ook al wist hij dan precies wat hij wilde bereiken, wel eens onzeker hebben gevoeld, kwetsbaar? Drie jaar later was hij koning geworden en na nog eens twee jaar was hij aan zijn grote veldtocht begonnen en nooit meer thuisgekomen.

Het was hem voor de wind gegaan. Tot ieders verbazing had hij in een paar jaar tijd het grote Perzische Rijk veroverd. Toch was zijn uiterlijke succes blijkbaar geen garantie geweest voor een gelukkig leven. Na vijftien jaar van overwinningen ging hij op zijn tweeëndertigste dood. Sommigen zeiden aan een ziekte, anderen zeiden door overmatig drankgebruik.

Drinken is net zo'n soort verslaving als niet-eten, dacht ik bij mezelf. Als je het te veel doet ga je dood. Maar waaróm dronk Alexander? Je zou toch denken dat hij alles had om gelukkig te zijn, om zijn leven niet te verwoesten met drank. Hij mocht dan superintelligent, charmant en idealistisch zijn geweest, kennelijk had ook hij zo zijn problemen. Had het soms aan zijn uitzonderlijke prestaties gelegen, waar hij niet goed mee kon omgaan? Gedroeg hij zich zo arrogant, dat zelfs zijn vrienden een hekel aan hem hadden gekregen en hij er als koning alleen voor had gestaan? En was dat dan reden genoeg om je lichaam te gronde te richten?

Maar ja, waarom deed ík mezelf zo'n schade door mijn lijf van alles te onthouden? Had ik soms geen geluk en kwaliteiten en mogelijkheden? Ik mocht dan geen koningszoon zijn, maar mijn omstandigheden waren toch zeker niet slecht te noemen! Waarom zou ik niet proberen er iets moois van te maken?

Nog indrukwekkender dan Pella vond ik de opgravingen van Aeges. Met name de enorme grafheuvel waarin koningsgraven waren gevonden en die was omgebouwd tot een schitterend, ondergronds museum sprak tot mijn verbeelding.

Via een gang kwamen we terecht in het binnenste van de grafheuvel, die een doorsnede had van honderdtien meter. Er hing een eerbiedige stilte, zoals in een kerk, die ik nauwelijks durfde te doorbreken met mijn vragen. In de schaars verlichte ruimte zag ik tegen de wanden vitrinekasten staan met grafgeschenken, fresco's en grafstenen met opschrift. Links van het midden bevond zich, in een soort kuil, het eerste graf, dat we van bovenaf konden bekijken. Aangezien dit graf ooit was leeggeplunderd en halfverwoest, was er niet meer van over dan de muren en een prachtige fresco, die losgemaakt was en in een speciale vitrine hing.

Andreas gunde me echter niet veel tijd om ervan te genieten. 'Kom,' fluisterde hij ongeduldig.

We passeerden een dunne, zwarte wand die toegang gaf tot een volgende zaal. Al gauw werd me duidelijk waarom

Andreas zo'n haast had gehad. In dit gedeelte van het museum draaide het namelijk om graf II en graf III, de enige twee Macedonische graven die ongeschonden waren gevonden.

Andreas leidde me een houten trap af. Recht voor ons lag eenzelfde soort graf als het 'Graf van het oordeel', alleen dan kleiner en voor een deel nog verzonken in de rotsige bodem. In het midden van de voorgevel bevond zich een imposante marmeren deur met aan weerszijden halve zuilen. Het merendeel van de voorkant was vroeger helderwit geweest met hier en daar een rode of blauwe rand. Alleen op de bovenste halve meter van de gevel stond over de hele breedte een jachttafereel afgebeeld: blote mannen op paarden in een bos, die wilde dieren aanvallen met hun speren. Een groot deel van de kleuren van het schilderij was nog bewaard gebleven.

Ik zuchtte. 'Het moet echt ongelooflijk zijn om zoiets moois te vinden,' mompelde ik.

'De archeoloog die deze graven heeft ontdekt, Manolis Andronikos, heeft ruim veertig jaar opgravingen gedaan in Aeges,' vertelde Andreas. 'Vijfentwintig jaar heeft hij gezocht, voordat hij deze graven vond. Hij, en velen met hem, was ervan overtuigd dat dit het graf van Philippos II is en ze hebben dat ook op grond van teksten en wetenschappelijk onderzoek proberen aan te tonen.'

'Je zegt het op een manier alsof je zelf niet overtuigd bent,' zei ik, enigszins verbaasd over Andreas' opmerking.

Andreas haalde zijn schouders op en draaide zich om. 'Ik heb inderdaad zo mijn twijfels,' gaf hij toe terwijl we de trap weer op klommen. Boven bekeken we eerst een maquette van hoe het graf indertijd was aangetroffen, met de exacte plaats van de gouden beenderkisten en de vele grafgeschenken.

'Staan al deze dingen hier in het museum?' vroeg ik.

'Vrijwel allemaal. Een aantal dingen, zoals het harnas, bevindt zich nog elders voor onderzoek of onderhoud.'

Bijna op mijn tenen liep ik vervolgens langs de kasten met zilveren en bronzen grafgeschenken, delen van een wapenrusting en ivoren figuurtjes die ooit een soort bed hadden versierd, waarvan het houten frame was vergaan. Men beweerde dat drie van deze figuurtjes Philippos II, zijn vrouw Olympia en hun zoon Alexander voorstelden. Hoewel het beeldje van Alexander lange krullen had, leek hij verder nauwelijks op degene die ik van hem had gemaakt.

De meest adembenemende voorwerpen in het museum waren echter de twee gouden *larnaka's*, de beenderkisten, die waren opgesteld in een aparte ruimte. De kleinste stond links. De halfvergane purperen doek die de botten had omwikkeld, hing ernaast, uitgespreid in een platte, glazen wandkast. Rechts in de zaal stond de grootste larnaka, waarin de botten van Philippos II zouden liggen, in een glazen kast op een verhoging en die van bovenaf werd verlicht door een speciale lamp. Op de deksel stond een zon met twaalf stralen, het symbool van de Temenidische dynastie. Boven de kist hing een gouden kroon van eikenbladeren, die boven op de botten had gelegen. Rechts en links van de larnaka hingen twee grote foto's van Philippos en Alexander. Ik herkende de ivoren bedversieringen van elders in het museum, die ze kennelijk hadden gefotografeerd en vervolgens uitvergroot.

'Ik ga alvast verder,' kondigde Andreas aan, toen we alles uitgebreid hadden bekeken.

Maar ik kon er geen genoeg van krijgen. Opnieuw liep ik naar de grote larnaka en zette als een klein meisje mijn handen plat tegen het glas. Terwijl ik naar het verblindende goud staarde, waande ik me weer in vroeger tijden, toen Alexander de Grote zijn dode vader had verbrand op een rituele brandstapel en begraven in het speciaal voor hem gemaakte grafmonument. We keerden terug naar zijn paleis. Ik liep naast Alexander, mijn held, mijn idool, mijn grote voorbeeld. Hij stak zijn hand naar me uit. Ik lachte...

Een onvriendelijke tik tegen mijn schouder verbrak de

betovering. Een suppoost van het museum bracht me ruw terug naar de werkelijkheid. 'Niet aankomen, alsjeblieft,' zei hij nors.

Vlug trok ik mijn handen weg en liep verder naar graf III, waarin ooit een jonge prins was begraven. Het graf en de zilveren urn waarin zijn overblijfselen zaten, konden me echter niet meer zo boeien. Ineens verlangde ik enorm naar Andreas.

Ik vond hem terug bij een eenzame olijfboom in de buurt van het museumcafé. Hij zat achterovergeleund op een houten stoel en had zijn benen op een andere stoel gelegd. Zijn ogen waren gesloten, alsof hij sliep. Ik sloop naar hem toe en ging achter hem staan. Hij zag er aantrekkelijk uit, als een jonge godheid bijna, met zijn gladde, bruine huid en golvende haren. Spontaan boog ik me voorover en kuste hem op zijn mond.

Een siddering trok door me heen, toen mijn lippen de zijne raakten. Ze voelden zacht en gewillig, alsof ze daar al die tijd op mij hadden liggen wachten. Geschrokken van mijn eigen gedurfdheid, trok ik mijn hoofd terug en ging plassen.

Op de wc viel mijn blik op de spiegel.

Wat ben je toch een sukkel, verweet mijn spiegelbeeld. *Zo'n leuke knul en jij doet zo stom, zo preuts, als een echte troela van het gymnasium.*

Maar ik eh... Zenuwachtig trok ik aan mijn kleren.

Heb eens wat meer lef. Wat kan er nou helemaal gebeuren? gooide mijn spiegelbeeld me met driftige gebaren voor de voeten. *Schiet op!*

Toen ik weer buitenkwam, stond Andreas met iemand te praten. Andreas legde een arm om me heen.

'Mag ik jullie even voorstellen. Han, dit is een van mijn hoogleraren aan de universiteit, Jannis Charalambidis. En Han is mijn vriendin.'

Ik kleurde tot diep in mijn bloesje, terwijl ik de man een hand gaf en vervolgens onhandig naar mijn voeten staarde.

Helemaal dus niet zoals ik me zojuist had voorgenomen.

'Gaan we?' zei Andreas even later.

Ik knikte en zei opnieuw gedag. 'Wat bedoelde je daarmee?' vroeg ik, zodra we alleen waren.

'Waarmee?' zei Andreas, die zich duidelijk van de domme hield.

'Dat weet je best,' begon ik, terwijl het zweet in straaltjes langs mijn rug droop.

Andreas glimlachte naar me en schudde zijn hoofd. 'Ik weet echt niet wat je bedoelt.'

Ik gaf hem een zet. 'Dat weet je best, pestkop. Je zei dat ik je vriendin ben.'

'Ben je dat dan niet?'

'Jawel,' stotterde ik ineens, 'maar nu leek het net alsof je bedoelde...'

Andreas keek me recht aan. Zijn mond stond halfopen, maar het duurde even voordat er woorden uit kwamen. 'Ik mag je graag, Han,' zei hij toen.

'Maar ik mag jou ook graag,' zei ik, omdat daar geen twijfel over hoefde te bestaan. Ik dacht aan Alexander, hoe we samen over de Perzische vlakte hadden gegaloppeerd en hoe we net nog zijn vader hadden begraven. Bij hem had ik dit beklemmende gevoel rond mijn borst nooit gevoeld. Bij hem had ik altijd alleen hoeven kiezen tussen ja en nee, nooit tussen alles wat daar tussenin ligt. Bij hem had dit schimmenrijk van onduidelijke gevoelens nooit bestaan.

Andreas trok me naar de kant van de weg en pakte mijn handen. 'Ik mag je meer dan graag, Han.'

'Ja maar, ik...' Ik wist zelf niet eens hoe mijn zin had moeten eindigen.

'Waarom heb je me eigenlijk op mijn mond gezoend?'

'Zomaar.' Ik vervloekte mezelf om de lafheid van mijn afwijzing.

'Zomaar?' Andreas zuchtte en liep met een ruk van me weg.

Angstvallig trok ik mij terug in mijn cocon. Ik voelde me

klein, zielig zelfs, bijna een slachtoffer van mijn eigen besluiteloosheid. 'Ik weet niet goed wat ik wil,' stuntelde ik, onhandig achter hem aan struikelend.

'Misschien wordt het dan tijd dat je daarachter komt,' antwoordde Andreas bot.

Met het openbaar vervoer naar het strand gaan was, zeker op zondag, geen eenvoudige opgave. Het kostte ons ruim anderhalf uur om een afstand van vijftig kilometer af te leggen. Onderweg praatten we over koetjes en kalfjes, maar ik was me ervan bewust dat ik Andreas nog altijd een antwoord schuldig was. Tenslotte had ík hem gezoend.

Misschien dacht ik wel te veel in zwart en wit. Andreas was gewoon een lieverd. Waarom maakte ik het hem zo moeilijk? Waarom kon ik niet gewoon genieten van wat er wel was, in plaats van steeds te denken aan dat waarin hij eventueel te kort zou schieten? Er bestond nu eenmaal geen Alexander, zoals ik hem in mijn fantasie had gemaakt, de perfecte man, de volmaakte mens die altijd reageerde zoals het mij goed uitkwam.

Ik speelde met mijn buskaartje. Er stond eenzelfde zon op als op de larnaka's in het museum. Onderaan op het kaartje stond: *Macedonië is Grieks*, waarmee de Grieken wilden protesteren tegen aanspraken van een naburig land op de naam Macedonië.

Tegen de tijd dat we aankwamen op het strand, zaten mijn bezwete kleren zo ongeveer aan mijn huid vastgeplakt. Mijn hoofd bonsde van de hitte.

'Ik neem meteen een duik,' zei Andreas. 'En jij?'

Ik knikte. Ik had er al dagen naar uitgekeken om een duik te nemen in zee. Voor alle zekerheid had ik 's morgens mijn badpak al aangetrokken.

Ik voelde hoe Andreas me opnam terwijl ik me uitkleedde. Ik durfde niet terug te kijken. Pas in de veiligheid van het water kon ik me enigszins over mijn schroom heen zetten.

'Weet je,' begon ik terwijl ik Andreas' hand vastpakte. 'Ik weet niet of je mij wel leuk vindt zoals ik werkelijk ben.'

'Zoals je werkelijk bent?' zei Andreas niet-begrijpend.

Ik wist niet goed hoe ik het hem moest uitleggen. 'Wat ik je laatst vertelde,' stamelde ik nerveus. 'Over niet eten en zo...'

'Laten we het volgende afspreken,' zei Andreas, die me halverwege mijn zin ineens in de rede viel. 'Ik bepaal zelf wel wat ik van jou vind, wie je dan ook bent. Dan hoef jij je alleen maar af te vragen wat je van mij vindt. Goed?'

'Wat ik van jou vind?' zei ik oprecht verbaasd.

Andreas knikte.

'Ik vind jou de geweldigste jongen die ik ooit heb ontmoet.'

Het hoge woord was eruit en de wereld was niet vergaan. Andreas was zichtbaar opgelucht en ook ik schoot in de lach. Toen hij zijn armen om me heen sloeg, was hij me dierbaarder dan ooit tevoren. Hij tilde mijn kin op en kuste me vol overgave.

Paniek en opwinding probeerden zich beide van me meester te maken. Ik wist niet hoe ik al deze heerlijke, beangstigende en overweldigende gevoelens een plek kon geven in mezelf zonder opnieuw mijn ik te verliezen.

Het lauwe water hielp. En de mensen om ons heen hielpen. Enkel door hun aanwezigheid.

We lieten ons opdrogen op een smalle, aflopende rots. Andreas zat een stukje lager, tussen mijn benen in. Als vanzelf legde ik mijn handen op zijn hoofd. Dezelfde handen die de bladzijden van zo veel boeken hadden omgeslagen. Dezelfde handen die mezelf hadden vastgehouden op de donkerste momenten, waarin ik niemand had om naartoe te gaan. Dezelfde handen ook die in slapeloze nachten stiekem het lichaam van Alexander hadden gestreeld. Voor me zat echter iemand van vlees en bloed, met een warme huid die af en toe rilde onder mijn aanraking, iemand die lachte als ik hem kietelde, iemand die mij me goed deed voelen.

Andreas legde zijn hoofd achterover tegen mijn buik. Zijn blote voeten bungelden in het water, dat in golfjes tegen de stenen sloeg. Ik masseerde de huid onder zijn donkerbruine krullen. Verlangen van jaren stroomde via mijn vingertoppen naar buiten. Gelukkig had Andreas zijn ogen dicht. Ik voelde me al bloot genoeg.

De slaperig makende rust die om ons heen hing, werd verstoord door een jongen van onze leeftijd. Hij sjouwde een koelbox met zich mee.

'*Pagoto!*' riep hij. 'Wie wil er ijs?'

'Ik trakteer,' zei ik impulsief en greep mijn portemonnee.

Even later zaten we als twee kleine kinderen naast elkaar te likken van ons ijsje. Ik smulde ervan, maar meer nog genoot ik van de weldadige leegte in mijn hoofd, het uitblijven van beschuldigende vingers. Sterker nog, nu ik hier zo ontspannen naast Andreas zat, had ik ineens een enorme behoefte om dikker te worden, om eruit te zien als een vrouw.

'Jij ook nog één?' vroeg ik dus en holde achter de ijsverkoper aan.

Toen ik terugkwam zat Andreas in het zand, dicht bij de waterrand.

'Wat doe je?' vroeg ik onnodig, want de fundamenten voor ons kasteel waren al duidelijk zichtbaar.

Toen we later door het stadje liepen, kocht ik voor meneer Sjo een ansichtkaart van de berg Olympos, waarover hij ons zo vaak had verteld. Ik wist niet goed wat ik erop moest zetten, omdat niets precies verwoordde wat ik wilde zeggen. Dus schreef ik slechts: *Groeten van Han uit G5b.*

Vervolgens belde ik mijn ouders op. Dit keer nam mijn vader op.

'Hé, Hanneke,' begon hij. Het was maanden geleden dat hij me zo had genoemd. Ik werd er helemaal stil van. 'Mam vertelde dat je het enorm naar je zin hebt.'

'Hmm,' mompelde ik.

'Weet je, Han, misschien kunnen jij en ik, als je weer thuis bent, een nieuwe start maken.'

'Dat zou ik heel graag willen,' zei ik met een dikke stem. Verdomme, dacht ik, zegt hij eindelijk iets aardigs, sta ik bijna te janken!

'Hoe is het met Andreas?' vroeg mijn vader toen.

'We hebben verkering, geloof ik,' zei ik onzeker.

'Eerlijk waar? Ik ben zo blij voor je. Doe hem maar de groeten van me.'

'Zal ik doen,' antwoordde ik zacht. 'Dag, pap.'

'Dag, meisje. Veel plezier.'

Vlug hing ik de hoorn aan de haak, voordat mijn vader alles zou verpesten door te vragen of ik wel goed at. Ik balde een vuist en stak in gedachten een duim op naar mezelf. Eindelijk was ik weer het maatje van mijn vader, en herinneringen aan vroeger stroomden mijn hoofd binnen.

Toen ik negen jaar was, was ik het gelukkigst geweest. Dat jaar kon ik me ook het best voor de geest halen. Voor mijn verjaardag had mijn vader een lied gemaakt, dat hij samen met Freek en Jet had gezongen, 's morgens vroeg toen ik nog in bed lag. Mijn moeder had er lachend bij gestaan. Ik had gewenst dat dat moment, waarop we een hecht gezin vormden, nooit voorbij zou gaan.

Maar het was voorbijgegaan en het plezier van toen ik negen was, was langzaamaan verdwenen. Vreemd genoeg kon ik me de jaren die volgden veel minder goed herinneren, alsof ik, zonder het te merken, tijd was kwijtgeraakt. Met name van de laatste jaren kon ik me nauwelijks meer een beeld vormen. En dat wat ik me herinnerde had niet eens zozeer te maken met gebeurtenissen, als wel met bepaalde personen. Met Mink bijvoorbeeld en hoe triest onze vriendschap was afgelopen. Met mijn moeder, die dikwijls haar zorgen aan mij vertelde, maar waarmee ik me ook geen raad wist. Met mijn vader die zo vaak niet thuis was en die ik, ook al gaf ik dat niet toe, vreselijk miste. Of met Freek, met wie ik steeds minder goed overweg kon en regelmatig ruzie had. Ik zuchtte en keerde me om.

'Je krijgt de groeten van mijn vader,' zei ik toen ik de telefooncel verliet. Tot mijn verrassing leek het alsof er een andere Andreas voor me stond. Of keek ik zelf ineens met andere ogen? Zijn ogen waren niet langer ook de ogen van mijn vader of mijn moeder en ook niet die van Alexander.

Ik pakte de sluiting van Andreas' kettinkje en schoof het naar achteren. Toen legde ik mijn hoofd tegen zijn borst en sloeg mijn armen stevig om hem heen. Niet alleen had ik een hoop om voor te leven, ik had zelfs geen behoefte meer om dood te gaan.

In de verte zag ik het Olymposgebergte. Mist hing over de besneeuwde toppen, waarvan Alexander de Grote had geloofd dat de goden er woonden. Hij had er offers gebracht in het belangrijkste Macedonische heiligdom, de tempel van Zeus in Dion. Nu lagen daar nog slechts ruïnes, net zoals in Pella en Aeges en Miëza, en ik stond hier, op de ruïnes van mijn eigen verleden. De resten van alle voorbije jaren waren herkenbaar in mij. En zoals nieuwe steden worden gebouwd over de oude heen, zo kon ik ook een nieuwe tijd tegemoet gaan. Een andere Han, maar gebaseerd op dezelfde herinneringen.

Andreas opende mijn vezels.

Hoofdstuk 7

De volgende dagen leefde ik als in een roes. Ik at goed, maar belangrijker was dat ik nauwelijks aan eten dacht. Ik werkte hard. Elsa en ik waren al een flink eind opgeschoten. Ook mijn Grieks was goed vooruitgegaan, zowel het spreken als het verstaan. Aan het einde van elke dag schreef ik trouw alle nieuwe woorden en uitdrukkingen op die ik die dag had opgevangen en probeerde ze te onthouden. Gek genoeg lijken je hersens beter te werken als je vrolijk bent.

Het viel me op dat Christina regelmatig vanuit haar ooghoeken naar Andreas zat te gluren. Hoewel ik haar niet erg mocht, vond ik het ook rot voor haar. Niemand vindt een onbeantwoorde liefde leuk. Daarom hield ik, als de anderen erbij waren, toch wat afstand van Andreas. Ik kletste veel met Elsa, maakte grapjes met Babis of overlegde met Petros. Ik deed mijn best om Maria niet tegen de haren in te strijken, Christina onnodig te kwetsen en Sakis en Thassos te lang van hun vriend te beroven. Met Barba Jannis, die pas achter in de middag arriveerde, had ik niet veel contact. Ik had nog een paar keer geprobeerd om iets tegen hem te zeggen, maar hij had er nauwelijks op gereageerd. Dit in tegenstelling tot professor Stamatakis, met wie ik het uitstekend kon vinden. Ik vond hem echt een geweldige man. Vanaf de eerste kennismaking had het tussen ons geklikt, en of we het nu over een serieus onderwerp hadden of over onbenulligheden, ik had het gevoel dat hij me zag en respecteerde.

Nietsvermoedend stapte ik op donderdagmiddag dan ook de meidentent binnen. Het duurde even tot mijn ogen na het felle zonlicht waren gewend aan de schemer. Op mijn knieën liet ik mijn handen tastend over mijn slaapzak glijden, op zoek naar mijn dagboek. In de buurt van de lange broek die ik als hoofdkussen gebruikte, vonden mijn vingers echter niet alleen mijn dagboek, maar ook een stukje papier. Ik trok beide naar me toe en had inmiddels voldoende zicht om het briefje te kunnen lezen. Zeker een berichtje van Elsa, dacht ik nog.

Er stond slechts één woord op, geschreven met grote, enigszins beverige letters.

'Wat is dit?' zei ik smalend, zodra ik het woord had ontcijferd, want de Griekse schrijfletters wijken nogal af van de drukletters die ik zelf altijd gebruikte.

Ik bekeek het papiertje, dat slordig was afgescheurd, aan alle kanten. Nergens stond een naam, noch van de schrijver, noch van degene voor wie het was bestemd.

'VERDWIJN,' herhaalde ik toen hardop. 'Wat is dit voor flauwe grap?'

Elsa kwam de tent binnen. 'Heb je misschien zin om me te helpen?' wilde ze weten. 'Of gaan jullie twee weer wandelen?'

'Wandelen?' zei ik licht verstrooid. 'Eh, nee, vanavond pas.' Even overwoog ik om het briefje aan Elsa te laten zien, maar ik vond het de moeite niet waard. Ik klemde het stuk papier tussen twee bladzijden van mijn dagboek en sprong op.

'Ik ben aan de beurt om foto's te maken,' vertelde Elsa. 'Ga je mee?'

'Best,' stemde ik toe. 'Ik schrijf straks wel in mijn dagboek.' Ik liep achter Elsa aan de tent uit en vergat het gebeurde vrijwel onmiddellijk.

Foto's leren maken van een archeologische opgraving vormde een vast onderdeel van de praktijkstage. Ik had gemerkt dat bij een opgraving veel meer kwam kijken dan alleen het graven op zich. Tijdens een nauwkeurige voorbereiding, die ik niet had meegemaakt, was op grond van oude geschriften en eerdere, meer toevallige vondsten, een soort programma opgesteld. De hypothesen die in dit programma waren geformuleerd, namelijk dat wat men dacht te zullen vinden, vormden de basis van het hele onderzoek. In tegenstelling tot mijn eerdere indruk bleek dat op beide sites wel degelijk werd gewerkt volgens een vast plan, dat dagelijks werd geëvalueerd en zo nodig bijgesteld. Alle handelingen werden zorgvuldig vastgelegd, op papier, maar ook met andere apparatuur, waaronder fotocamera's. De resultaten van een opgraving, zowel de daadwerkelijke vondsten als ook de verslagen, de foto's en het overige materiaal, werden meegenomen naar de universiteit. Daar werd alles verder onderzocht, gecatalogiseerd en geanalyseerd. Studenten moesten zich trainen in al deze stadia van een opgraving.

Nadat Elsa uitgebreid foto's had gemaakt van ons eigen werkterrein, liepen we met statief en camera in de hand naar het amfitheater, waar iedereen inmiddels al weer druk aan het werk was. Een gejoel barstte los toen we ons op de speelvloer installeerden.

'Spiegeltje, spiegeltje aan de wand, wie is de schoonste in het land?' zei Babis met hoge stem, terwijl hij met zijn armen in z'n zij heupwiegde.

Alle jongens lachten.

'Jij in elk geval niet,' zei Petros. 'Volgens mij blijft jouw kop niet eens plakken.'

Ik bedacht ineens dat het briefje misschien een flauwe grap van Babis was. Die hield wel van een geintje, had ik gemerkt. Dus terwijl Elsa de stoffig geworden lenzen schoonmaakte, liep ik naar Babis, die me quasi-huilend om de nek viel.

'Juf,' mopperde hij. 'Petros plaagt me.'

'Luister eens,' vroeg ik zacht terwijl ik hem van me af duwde. 'Heb jij dat briefje soms bij mijn spullen gelegd?'

Babis trok opnieuw een gekke bek. 'Ik een briefje bij jouw spullen gelegd?' zei hij, nu met een diepe basstem. Hij stak een duim op en wees schuin achter zich naar Andreas. 'Ik zou niet durven,' fluisterde hij.

Ik wist niet of ik hem kon geloven. 'Echt niet?' vroeg ik voor alle zekerheid.

'Ik heb geen idee waar je het over hebt,' antwoordde Babis, ditmaal ernstig.

'Dan zal het wel niks te betekenen hebben,' zei ik, meer tegen mezelf dan tegen Babis en ging weer aan het werk.

Ik vond het briefje de volgende avond pas weer, toen ik gauw wat zinnen in mijn dagboek wilde schrijven, voordat we met z'n allen naar een disco in de buurt van Aeges zouden vertrekken. Ik installeerde me buiten aan tafel waar Elsa en Petros de foto's zaten te sorteren die ze inmiddels hadden laten ontwikkelen.

'Zijn ze gelukt?' vroeg ik met mijn pen al in de aanslag.

'Het gaat,' antwoordde Elsa. 'Bij een aantal foto's heb ik de lens niet voldoende scherp gesteld. Daardoor zijn de details verloren gegaan.'

Ik leunde opzij. Elsa had de mislukte foto's aan de kant gelegd. Er zat een foto tussen van Andreas tijdens het werk. Hoewel het voorwerp in zijn handen inderdaad nogal wazig was, stond hij er zelf helder op afgebeeld.

'Gooien jullie die soms weg?' bedelde ik voorzichtig.

'Hou hem maar,' zei Elsa met een knipoog. 'Die heb ik speciaal voor jou gemaakt.'

'Je bent een schat,' zei ik waarderend, want ik had geen fototoestel bij me. Ik stopte de foto bij de museum- en buskaartjes die ik voor in mijn dagboek had liggen en begon te schrijven. Een spontaan gedicht welde in me op. Ik krabbelde het in de kantlijn.

Ik sta op uit mijn stoel
en harnas van bangigheid
Ik stop mijn gevoel
in een tas
en mijn identiteit
onder de arm
Ik draag geen jas
alleen mijn openheid
want buiten is het lekker warm

Ik had niet in de gaten dat Andreas achter me kwam staan en over mijn schouder meelas.

'Verdwijn!' bromde hij onverwacht in mijn oor.

Ik schrok zo, dat mijn pen een grote haal maakte over mijn tekst. *Ieks!* Ik vloog op, een gil nog net onderdrukkend.

Andreas lachte me uit.

'Rotzak!' Ik schudde met mijn schouders om hem achter me vandaan te duwen.

Andreas tilde zijn handen in de lucht. 'Oké, oké, ik ga al.' Maar voordat hij dat deed, wees hij in de richting van mijn dagboek. 'Je hebt trouwens een fout gemaakt,' verbeterde hij. 'Die *ita* had een *jota* moeten zijn.'

Verbaasd keek ik naar mijn dagboek. Hoe wist Andreas dat ik een fout had gemaakt? Ik schreef immers altijd in het Nederlands. Toen viel mijn oog op het merkwaardige briefje met dat ene Griekse woord erop, dat onbedoeld uit mijn dagboek was gevallen. De fout was me niet eerder opgevallen.

Tien minuten later stond Andreas weer naast me, met een schoon, ietwat gekreukeld overhemd en een lichtblauwe spijkerbroek aan en een walm van aftershave om zich heen. '*Pame?*' zei hij, ook tegen de anderen. 'Babis komt er zo aan.'

In twee auto's reden we even later richting Aeges. In de buurt van de stuwdam in de rivier Aliakmonas lag, midden in de verlatenheid, een eenzame zomerdisco. Gaandeweg de avond vulde deze zich echter met mensen, die plaatsnamen aan een van de vele tafeltjes rondom de dansvloer. Hoewel de moderne Griekse popmuziek steeds uitnodigender werd en ik nauwelijks meer stil kon zitten, was het al laat toen de eersten eindelijk opstonden om te gaan dansen. Toen greep ik ook mijn kans. Uren danste ik onder de blote hemel, met Elsa, met Babis en Petros, zelfs met Christina. Maar vooral danste ik met Andreas.

'Weet je nog, toen in Athene?' riep ik in zijn oor tijdens

een wat rustiger nummer. 'Toen wilde ik ook al met je dansen, maar ik durfde het niet te vragen.'

Andreas lachte naar me, net als indertijd, maar nu zelfverzekerder, met meer overgave.

Ik had het gevoel dat ik samen met hem de hele wereld aankon.

Dat veranderde toen ik diezelfde nacht een tweede briefje vond, onder mijn laken nota bene. Omdat het te donker was om te lezen en ik doodmoe was van ons avondje stappen, schoof ik het achteloos aan de kant en was in een paar seconden alles om me heen vergeten.

De dag was nog maar nauwelijks begonnen, toen ik met een schok wakker werd. Vrijwel onmiddellijk schoot het briefje me te binnen, alsof ik er zojuist over had gedroomd. Ik tastte over de grond, totdat ik het had gevonden. Toen sloop ik, gewapend met onze gezamenlijke zaklantaarn, in mijn nachthemd de tent uit, op het gevaar af dat de honden me zouden verscheuren.

Het schijnsel van de lamp viel op een groter stuk papier dan de vorige keer, maar het kwam ongetwijfeld uit hetzelfde blok en de woorden bestonden uit dezelfde hanenpoterige letters, zonder komma's of punten. De inhoud was dit keer echter niet mis te verstaan, of het moest om een zeer slechte grap gaan.

JE AANWEZIGHEID IS HIER NIET GEWENST MAAK DAT JE WEGKOMT VOORDAT ER IETS ERGS GEBEURT

Ik knipte de zaklamp uit en gooide zacht fluitend mijn hoofd in mijn nek. Boven me lag een kalme zee van duizenden sterren die me schaamteloos aanstaarden. Wie wil mij nou weg hebben? kaatste ik omhoog. Ik was toch niet meer dan een logee, die de volgende week weer naar huis zou gaan? De sterren trokken echter geen partij en schenen rustig verder.

De enige die een reden kon hebben om zoiets te schrijven, was naar mijn mening Christina. Dat zij zich bedreigd voelde door mijn aanwezigheid, kon ik me indenken. Tenslotte had ik haar grote liefde veroverd.

Die dag stond de liefde evenwel op een laag pitje. Ik werkte dubbel zo hard dan anders en deed er zo veel mogelijk het zwijgen toe, met name tegen Christina. Toen Andreas me vroeg wat er scheelde, had ik mijn antwoord klaar.

'Ik ben gewoon moe,' zei ik, en dat was niet eens gelogen.

Op zondagochtend reden Andreas en ik mee naar Thessaloniki. Hoewel mijn hoofd er absoluut niet naar stond, had ik geen beter alternatief. Achterblijven in het kamp leek me nog erger. De briefjes kon ik echter niet langer uit mijn gedachten zetten. Hoewel het vinden van het eerste briefje nog op toeval had kunnen berusten, wist ik nu zeker dat iemand het op mij had gemunt. Maar of het werkelijk Christina was, daar twijfelde ik nu toch aan. Alleen, als zij het niet was, wie dan wel?

Andreas' kamer was heel klein. Meer dan een bed en een bureautje pasten er niet in. Het was er benauwd, ondanks het feit dat het raam openstond. Terwijl ik onwennig op het bed zat, hoorde ik Andreas met iemand praten op de gang, maar het was te zacht om te verstaan wat ze zeiden. Toen Andreas ten slotte binnenkwam zag hij er zorgelijk uit, maar ik zat zo vol van mezelf dat ik hem er niet naar vroeg.

De spanning tussen ons was hinderlijk, herkenbaar van thuis als er allerlei onuitgesproken gevoelens tussen de anderen en mij in hingen. Toch was het anders dan de avond toen ik net was aangekomen in Naousa. Minder eenzaam. Zwijgend aten we de broodjes die we op straat bij een broodjeszaak hadden gekocht. Ze smaakten me niet, maar ik at om iets te doen te hebben en misschien ook om mezelf minder leeg te voelen. Stom van me, want vrijwel onmiddellijk had ik zo'n enorme spijt van mijn daad, dat ik naar de wc liep en doelbewust een vinger in mijn keel stak.

Andreas vond me hurkend voor de pot. Ik was vergeten om de deur op slot te doen! Maar ik had niet eens de energie om me te schamen voor mijn gedrag.

'Wat is er?' vroeg hij bezorgd. 'Ben je ziek?'

En of ik ziek was! Ziek van twijfel, omdat ik niet wist wat ik moest doen.

Andreas pakte een handdoek en veegde mijn mond ermee af. Mijn haren streek hij liefdevol naar achteren. Toen hielp hij me overeind en nam me mee terug naar zijn kamer. Terwijl ik neerzakte op het bed, keek Andreas me onderzoekend aan.

'Voel je je niet lekker? Is er iets vervelends gebeurd? Heeft iemand iets onaardigs tegen je gezegd?'

Omdat Andreas bleef doorgaan met vragen, pakte ik ten einde raad de twee anonieme boodschappen uit mijn broekzak.

'Herinner je je dit?' vroeg ik en liet hem het eerste briefje zien.

Andreas knikte. 'Ik heb je nog gewezen op die fout,' zei hij, niet begrijpend waar ik op doelde.

'Dit briefje heb ik niet geschreven,' legde ik uit. 'Ik heb het op mijn bed gevonden.'

'Op je bed? In het kamp?' Andreas kwam naast me zitten.

'Donderdagmiddag lag het er ineens. Het leek me zo raar dat iemand mij weg wilde hebben, dat ik er verder niks achter heb gezocht. Maar toen we terugkwamen van de disco vond ik weer een boodschap. Onder mijn laken.' Ik gaf Andreas het tweede briefje.

'En hier heb je me niks over verteld?!' zei Andreas, zodra hij het had gelezen.

'Ik wilde niet...' mompelde ik. 'Ik wist niet...'

Andreas sprong op en viel me in de rede. 'Dat heeft Maria natuurlijk gedaan,' zei hij ineens verbeten.

'Maria? Maar waarom?' Ik dacht terug aan haar botte manier van doen toen ik pas in het kamp was. Maria kon heel fel zijn. Gisteravond had ze nog bijna slaande ruzie gehad met Babis tijdens een discussie over archeologie. Gelukkig had Petros de boel gesust.

'Omdat ze nu eenmaal een loeder is,' meende Andreas. 'Wie schrijft er anders zoiets stoms?'

Andreas hurkte voor me neer en streelde mijn wang. 'Ik ga er vanavond meteen werk van maken,' beloofde hij. 'Maak je maar geen zorgen.'

Andreas' reactie zorgde ervoor dat ik weer kon openstaan voor hem en de dingen om me heen. In de loop van de dag vergat ik zelfs het kamp. Uren wandelden we door de straten van de stad, dronken koude koffie op terrasjes en eindigden natuurlijk op de trappen van het archeologisch museum.

Tegen zes uur waren we weer op zijn kamer. Opnieuw hoorde ik Andreas praten met iemand op de gang. Voorzichtig zette ik de deur op een kier. Er stond een vrouw van een jaar of veertig met krullerig, zwart haar en een hoornen bril op.

'Ik wil het nu, Andreas,' zei ze met klem. 'Als je vandaag niet betaalt, zet ik je er de volgende maand uit. Is dat begrepen?' De vrouw wierp een snelle blik in mijn richting en liep de trap af.

'Godver,' mompelde Andreas terwijl hij langs me heen zijn kamer binnen liep. Er lagen diepe rimpels in zijn voorhoofd.

'Wat is er?' vroeg ik meteen.

'Niks,' zei Andreas ontwijkend.

'Niks?' reageerde ik geërgerd en sloot de deur. 'Zo zie je er anders niet uit.'

Andreas bleef staan voor zijn bureau. Er stond een foto op van wat waarschijnlijk zijn vader en moeder en broertje waren. Andreas keek er even naar, tilde vervolgens het lijstje op en gooide het met een smak tegen de muur. Het lijstje brak, het glas versplinterde en de foto dwarrelde naar beneden. Hij bleef ondersteboven liggen op een stapel boeken.

'Mag ik nou weten wat er aan de hand is?' eiste ik. 'Wie is die vrouw?'

'Mijn hospita.'

'En wat wil ze van je?'

'Geld.'

Andreas bleek al twee maanden geen huur meer te hebben betaald, sinds zijn vader zijn toelage had stopgezet. 'Ik heb haar verteld dat ik haar betaal zodra ik het geld krijg dat ik in Miëza verdien. Maar ze weigert.'

'Wanneer krijg je dat geld dan?' vroeg ik.

'Waarschijnlijk pas aan het einde van de zomer.' Andreas' gezicht was grauw. 'Hoe dan ook, ik moet na de opgravingen een baantje gaan zoeken om mijn huur te betalen. Het probleem is: als ik nu stop in Miëza om ergens anders te gaan werken, krijg ik een onvoldoende voor mijn stage en kan ik niet over naar het volgende jaar. Maar als ik uit mijn huis word gestuurd, moet ik bij de paters gaan wonen.'

'Bij de paters?' zei ik halflachend.

'Ja, die bieden onderdak aan studenten van ouders met weinig geld. Mijn god... Stel je voor, in een klooster wonen!'

'Hoeveel is het?' vroeg ik. 'De huur bedoel ik.'

'Samen tweehonderd euro.'

Razendsnel maakte ik een rekensommetje. 'Ik geef je het geld,' zei ik toen.

Andreas zwaaide meteen met zijn wijsvinger. 'O nee,' protesteerde hij, 'geen sprake van.'

'Waarom niet? Ik heb van mijn ouders extra geld gekregen, voor een noodgeval zeg maar. Ik kan het zo van de bank halen en dan heb ik zelfs nog over.'

Maar Andreas wilde er niet van horen. 'Ik laat jou toch zeker niet mijn huur betalen,' zei hij alsof dat zijn eer te na was.

'Waarom niet? Jij doet ook een hoop voor mij.'

Zo begon een discussie waar we niet goed uitkwamen. Andreas bleef volhouden dat hij mij niet wilde belasten met zijn problemen. Ik wond me op over zijn koppigheid, omdat hij mijn hulp weigerde. Babis en Petros stonden beneden al te toeteren, toen ik Andreas nog altijd niet had kunnen overhalen.

'We moeten gaan,' zei hij mat en pakte zijn tas met schone kleren.

'Weet je wat,' stelde ik voor als laatste mogelijkheid. 'Ik leen het je en je betaalt me terug zodra je het opgravingsgeld binnen hebt.'

Toen ik Andreas' gezicht zag opklaren, wist ik dat ik had gewonnen. 'Kom, we gaan meteen pinnen,' drong ik aan, voordat hij van mening zou veranderen. 'Babis en Petros wachten heus wel.'

Toen we die avond waren teruggekeerd in het kamp, wilde Andreas meteen op Maria afstappen. Maar Maria was er niet, vertelde Elsa. Ze was de hele dag naar haar ouders in Kozani en zou de volgende ochtend pas terugkomen.

'Dan ga ik naar de professor,' besloot hij.

Ik hield hem tegen. 'Misschien heeft Maria het niet gedaan,' fluisterde ik.

'Iemand moet het gedaan hebben,' redeneerde Andreas en verdween in de tent van Stamatakis, nadat hij had gevraagd of hij welkom was.

Ikzelf bleef bij Elsa, die in de 'huiskamer' zat te kletsen met Sakis en Thassos. 'En, hoe was jullie dag?' vroeg ik.

Ze keken elkaar aan, maar niemand reageerde op mijn vraag.

'Wat is er?' vroeg ik opnieuw.

Sakis stond op en liep weg.

'Elsa!' zei ik verontwaardigd. 'Waarom praten jullie niet tegen me?'

'Dat zul je zelf het beste weten,' antwoordde ze zacht.

'Waar heb je het over?' riep ik, bijna kwaad.

Op dat moment kwam professor Stamatakis mijn kant uit, op de voet gevolgd door Andreas. Met grote passen beende de professor in mijn richting. Aan zijn hele manier van doen merkte ik dat er iets niet in de haak was. Onrustig schoof ik met mijn billen over de stoel.

Stamatakis gaf Elsa en Thassos zwijgend een teken dat ze moesten vertrekken. Toen trok hij een stoel naar voren en ging recht tegenover me zitten. Andreas, die naast ons bleef staan, beet nerveus op zijn nagels.

'Wat weet jij hiervan af?' begon de professor, waarop hij een gelijmd vaasje onder mijn neus duwde.

'Dat is het vaasje dat Elsa vorige week heeft gevonden,' antwoordde ik gehoorzaam.

'Exact. En voordat zij het vond, heeft het meer dan tweeduizend jaar onder de grond gelegen,' vulde de professor aan.

Nog altijd had ik geen idee waar hij naartoe wilde. Ik knikte slechts en probeerde me niet te laten imponeren door de priemende ogen voor me.

'Dit is Griekse bodem,' ging Stamatakis verder, wijzend naar de grond. Daarop zwaaide hij het vaasje vlak voor me heen en weer. 'En dit is eigendom van de Griekse staat.'

'Maar dat weet ik toch,' stotterde ik.

'Als je dat zo goed weet,' spuugde Stamatakis zo ongeveer in mijn gezicht, 'wat deed dit vaasje dan in jouw rugzak?'

Hoofdstuk 8

Ik was met stomheid geslagen. Aanvankelijk drong het niet eens echt tot me door wat de professor bedoelde. Wezenloos staarde ik naar het vaasje, dat ik met zo veel zorg had helpen uitgraven.

Pas toen ik opkeek naar de professor, realiseerde ik me dat hij mij beschuldigde van diefstal.

'Denkt u dat ík...?' vroeg ik voor alle zekerheid.

Stamatakis trok zijn wenkbrauwen op. 'Ik weet het niet, maar daar ziet het wel naar uit. Of wil je Elsa soms de schuld geven?'

'Hoezo? Heeft Elsa het vaasje dan in mijn rugzak gevonden?' maakte ik uit zijn woorden op.

Stamatakis knikte. 'Vanmiddag, toen ze een boek zocht dat ze aan jou had uitgeleend.'

'Maar ik was de hele dag niet hier,' zei ik om mezelf te verdedigen.

De professor antwoordde niet. Peinzend plukte hij aan zijn bovenlip. Als hij werkelijk dacht dat ik het vaasje stiekem uit zijn tent had ontvreemd, had ik dat natuurlijk net zo goed een andere dag kunnen doen.

Ik gooide het over een andere boeg. 'En die briefjes dan? Heeft Andreas u daar niet over verteld?'

Stamatakis haalde de twee mogelijke bewijsstukken van mijn onschuld te voorschijn en hield ze omhoog. 'Bedoel je deze?'

'Iemand wil mij hier weg hebben,' fluisterde ik. 'Eerst die briefjes en nu het vaasje. U moet me geloven, professor.'

'Of heb je ze zelf geschreven om de aandacht af te leiden?' opperde hij slechts.

Tranen van machteloosheid sprongen in mijn ogen. Hoe kon hij dát nou over me denken?

'Andreas,' zei ik op dwingende toon. 'Zeg jij ook eens wat. Waarom help je me niet?'

Maar Andreas hield zich afzijdig. Hij had zelfs een paar stappen achteruit gedaan.

'Laat Andreas erbuiten. Hij heeft hier niks mee te maken,' waarschuwde de professor met opgeheven vinger. 'Ik wil van jóú een verklaring. Feit is dat dit voorwerp in jóúw tas is gevonden. En behalve dat het jouw eigendom niet is, staat je een zware straf te wachten als ze je ermee zouden betrappen op het vliegveld.'

'Maar ik heb het niet gestolen!' siste ik nijdig.

'Wie dan wel?' liet Stamatakis er meteen op volgen.

'Dat weet ik niet. Iedereen kan het gedaan hebben.'

'En waarom dan? Zo waardevol is het nou ook weer niet.'

Wanhopig boog ik me voorover. 'Ik heb het niet gedaan. Iemand anders heeft me...' Ik kon het niet uitstaan dat ik de Griekse woorden voor 'erin luizen' niet wist. 'U begrijpt wel wat ik bedoel,' zei ik met klem.

Stamatakis knikte en leunde achterover in zijn stoel. Nu zijn woede was bekoeld, had hij zichtbaar moeite met de ontstane situatie. Zuchtend wreef hij over zijn voorhoofd. 'Ik ben geneigd om je te geloven,' gaf hij vervolgens toe.

Vol verwachting rechtte ik mijn rug.

'Maar onder deze omstandigheden kan ik je niet langer laten meedoen aan de opgravingen. Het spijt me.' Hij voegde er nog aan toe dat ik, tenzij ik het tegendeel kon bewijzen, de volgende ochtend het kamp moest verlaten. Daarop stond hij op en liet Andreas en mij alleen achter.

'Han,' smeekte Andreas, die nu tegenover me plaatsnam en zijn handen zachtjes op mijn knieën legde.

Venijnig schoof ik ze opzij. 'Laat me met rust,' zei ik gekwetst. Mijn stoel kiepte om toen ik onverwachts rechtop ging staan.

Vlak voordat ik me terugtrok in mijn tent, zag ik in het

laatste restje avondschemer schaduwen van mensen. Het zag ernaaruit dat de hele groep zich tegen mij had gekeerd. Niemand had het in elk geval voor me opgenomen, ook Andreas niet. Iedereen was er onmiddellijk van uitgegaan dat ik de schuldige was. En ik kon ze niet eens ongelijk geven. Waarschijnlijk had ik in hun positie hetzelfde gedaan. Toch voelde ik me meer dan ooit een vreemde, een buitenstaander die hier niets meer te zoeken had. Degene die mij weg wilde hebben, had zijn doel bereikt.

Ik trok het laken over mijn hoofd en rook Andreas. Hoe moest ik in godsnaam de komende uren doorkomen? Misschien door alles en iedereen doelbewust buiten te sluiten, iets waarin ik mezelf zo goed had getraind.

Voor het eerst koesterde ik me opzettelijk in een gedachte over eten. Gelukkig had ik die dag veel calorieën verbruikt en maar weinig gegeten. Hoefde ik me daar tenminste geen zorgen over te maken.

Het werkte. Langzaam verdween de buitenwereld op de achtergrond. Vervolgens draaide ik op mijn buik en repeteerde net zo lang vervoegingen uit het Griekse grammaticaboek tot mijn bewustzijn zich volledig overgaf.

De volgende ochtend werd ik als verdoofd wakker. Pas toen ik me omdraaide en Elsa's lege slaapplaats zag, kwam alles me weer helder voor de geest. Met zware benen kwam ik overeind en begon mijn spullen in te pakken.

Toen ik niet veel later onopvallend het terrein wilde verlaten, holde Andreas achter me aan. 'Han, wacht,' riep hij.

Zonder te reageren liep ik verder, mijn lippen stijf op elkaar.

'Han, het spijt me,' begon Andreas zodra hij me had ingehaald. 'Ga alsjeblieft nog niet weg. Ik ben toch je vriend.'

'Mooie vriend ben jij,' zei ik kattig. Mijn stem klonk vervormd door de boosheid. 'Me laten vallen als een baksteen, is dat vriendschap?'

'Toe, ik geloof heus dat jij het niet hebt gedaan.'

'Daar was gisteravond anders niks van te merken,' zei ik kortaf.

'Ik weet het, maar iedereen leek zo overtuigd...'

'En hen vertrouw je meer dan mij?' beet ik terug. Ik was zo nijdig dat mijn kaken er zeer van deden. Mijn vuisten balden zich rond de banden van mijn rugzak.

'Vertel me in elk geval waar je naartoe gaat,' drong Andreas aan.

Daar had ik nog niet eens over nagedacht. 'Naar het hotel,' flapte ik eruit. Het leek me de meest voor de hand liggende oplossing, want mijn vliegtuig vertrok komende zondag pas. Als ik mijn ticket niet had veranderd, dacht ik wrang, was ik nu lekker thuis geweest.

'Vanmiddag kom ik naar je toe,' beweerde Andreas. 'Ik kan nu niet weg,' voegde hij er ten overvloede aan toe.

'Je doet maar.' Zonder Andreas of het kamp nog een blik waardig te keuren, liep ik het pad af en vervolgens naar de grote weg, waar vast wel een bus richting Naousa voorbij zou komen.

Hoe afschuwelijk de situatie ook was, toen ik een halfuur later op de bus stapte, voelde ik me op een bepaalde manier toch ook opgelucht. Opgelucht omdat ik mijn woede niet had ingeslikt en Andreas gewoon de waarheid had gezegd. Op dit moment kon het hele kamp me gestolen worden en het kon me zelfs niet schelen of het tussen Andreas en mij nu definitief over was. Ik wist, en dat was voorlopig het voornaamste, dat ik onschuldig was.

Ik zocht expres een zitplaats links in de bus, van waaruit ik Miëza niet kon zien. Breeduit plofte ik neer, met mijn rugzak als een barricade naast me. De bus volgde niet de bochtige weg langs de School van Aristoteles, maar sloeg een paar kilometer verderop rechtsaf en reed over de officiële weg omhoog richting Naousa. Het vredige, bijna lieflijke uitzicht over de beboste bergen stond in schril contrast met de kokende massa in mijn binnenste.

Ik zocht mijn heil in het hotel.

'Ben je daar weer?' vroeg de eigenaar vriendelijk. 'Eén nachtje?'

Ik schudde mijn hoofd. 'Waarschijnlijk tot zondag.'

De man keek me verwonderd aan, maar ik had geen zin om het hem uit te leggen.

'En je vriend?' waagde hij nog te vragen. 'Alles goed?'

'Best,' antwoordde ik schijnheilig.

Tien minuten later stond ik onder een verkoelende, lauwe douche. Ik probeerde nergens aan te denken, maar samen met al het vuil stroomden mijn zorgen helaas niet van me af. De vraag wie me deze streek had geleverd, bleef zich aan me opdringen. Voor de zoveelste keer liep ik iedereen in gedachten na. Sakis en Thassos bemoeiden zich niet veel met me, maar ze deden ook nooit onaardig. Elsa was ondenkbaar. Maria leek onwaarschijnlijk. Daarvoor legde ze haar mening overal te dik bovenop. Als zij het had gedaan, had ze volgens mij gewoon haar naam onder de briefjes gezet. Babis: waarom? Petros: ook geen motief. Andreas: die nooit!

Bleven alleen Christina en Stamatakis over, concludeerde ik, terwijl ik met de handdoek mijn haren droogwreef. Ik begreep er niks meer van.

Ik ging in mijn blootje op bed liggen, met mijn armen en benen gespreid. Ik wiebelde met mijn tenen, trommelde met mijn vingers op het laken. Ik trok mijn buik helemaal in en zette hem vervolgens zo ver mogelijk uit. Toen weer los. Ik bewoog mijn hoofd van links naar rechts en keek om beurten over mijn linker- en rechterborst. Ik was dikker geworden, of verbeeldde ik me dat maar? Ik was dikker geworden. Dikker! Dat wat ik wilde. Wat ik hoopte. Dikker. Dik. Jek!

Hetzelfde moment schoot ik overeind en hield een hand voor mijn mond. Nog een paar keer trok mijn maag zich samen, maar ik had die ochtend niet gegeten, dus kwam er ook niets uit.

Gauw verstopte ik me onder het laken, waar ik veilig was. Ik deed net alsof er iemand naast me lag, een man. Was het Alexander de Grote? Nee, op de een of andere manier paste die niet meer. Voortaan wilde ik een echte man, een levende.

Wilde ik Andreas? Ja, ik wilde hem nog steeds, ook al had hij me laten vallen. Maar wilde hij mij nog wel, nu ik had laten zien dat ik niet alles zomaar pikte? De gedachte dat ik hem hierdoor zou verliezen maakte me onzeker. Misschien was ik te grof tegen hem geweest. Misschien had hij niks mogen zeggen van Stamatakis. Tenslotte had hij later gezegd dat het hem speet.

Ik maakte zelf toch ook wel eens fouten?

Ik ging op mijn zij liggen en streelde zachtjes mijn huid. Ongewild kreeg ik er kippenvel van. Steeds verder gleden mijn handen naar beneden, langs mijn rug, over mijn buik, de diepte in, totdat ik zweette en zuchtte. Toen stond ik op, kleedde me aan en ging op zoek naar de waarheid.

Nadat ik ergens had ontbeten, slenterde ik het park in, mijn dagboek onder mijn arm geklemd. Ik plukte een roos, maar smeet hem vrijwel onmiddellijk terug in de struiken. Ik deed mijn best om logisch na te denken, maar mijn hoofd leek een warboel van gedachten die ik niet zo gauw uit de knoop kreeg.

Bij het fonteintje in het midden van het park stonden bankjes. Er zaten vaak ouderen te praten en kinderen speelden er verstoppertje. Ik wilde er gaan schrijven om alles op een rijtje te krijgen. Plotseling viel mijn oog echter op een bekende brommer. Op het bankje naast de brommer zaten twee mannen, met hun rug naar me toe. Ik herkende Barba Jannis en Fotis, de perzikenboer. Zij waren wel de laatsten die ik nu wilde ontmoeten.

Via dezelfde weg verliet ik dus het park en besloot eerst een eind te gaan wandelen. De waarheid achterhalen bleek niet zo eenvoudig als ik op mijn hotelkamer nog had gedacht. Mijn gedachten draaiden al uren in dezelfde cirkels rond. Bovendien was ik nu kilometersver van Miëza verwijderd. Hoe kon ik er dan ooit achter komen wie mij die rotstreek had geleverd?

Omdat ik niet door de stad wilde lopen, sloeg ik rechtsaf en liep bergafwaarts, Naousa weer uit, tot daar waar de aaneengesloten huizenblokken ophielden en plaatsmaakten voor hier en daar een vrijstaand huis. Hoewel de zon scheen, leek het minder heet dan andere dagen. Of kwam het door het hoogteverschil dat het in Naousa koeler was?

Op dat moment ontdekte ik aan de overkant van de weg een bekend gezicht met een donkere hoofddoek om. Het was de vrouw van Barba Jannis. Aan haar arm hing een mand vol spullen, waardoor ze slechts moeizaam vooruitkwam. Haar gezeul deed me denken aan mezelf wanneer ik met een loodzware boekentas door school sjouwde. Werelden van verschil en desondanks herkenbaar.

In een opwelling stak ik de straat over. 'Zal ik uw mand voor u dragen?' bood ik aan.

Slechts een kort ogenblik nam de vrouw me wantrouwend op. Toen veranderde haar mond in een vriendelijke glimlach. 'Dank je, meisje. Dat God je maar beloont.'

Inwendig moest ik lachen om haar oubollige taalgebruik, maar liet het niet merken. Ik nam de mand van haar over en zo gingen we samen verder.

'Je bent zeker niet van hier?' zei de vrouw.

'Nee. Ik ben hier op vakantie.'

De vrouw knikte en schoof haar hoofddoek iets naar achteren, waardoor haar grote, amandelbruine ogen meer opvielen. 'En waar kom je vandaan?'

'Uit Nederland,' antwoordde ik.

Bij het lage, witte huis met de prachtige bloemen, dat Andreas me eerder had aangewezen, liep de vrouw naar binnen. Hoewel het gesprek tot dan toe nogal stroef was verlopen, nodigde ze me uit om haar te volgen.

Achter de voordeur lag een kleine zitkamer met een bank,

twee leunstoelen en een paar kastjes. Op de leuningen en op de kastjes lagen helderwitte, zelfgehaakte sierkleedjes. De vrouw ging me voor naar de keuken, waar, behalve een aanrecht met wat elektrische apparaten, een tafel stond met aan elke kant een stoel. In de hoek achter de tafel bevond zich een hoge, smalle kachel, die was versierd met een wit kleedje en een vaasje bloemen erop. De vrouw gebaarde me te gaan zitten, nadat ik de mand op tafel had gezet.

'Hoe heet u eigenlijk?' vroeg ik.

'Konstantina.'

Daarop vertelde ik dat ik Johanna heette, een naam waaraan ik inmiddels gewend was geraakt, omdat iedereen me hier zo noemde. Alleen Andreas deed zijn best om mijn eigenlijke naam te gebruiken, al struikelde hij nog wel eens over de uitspraak van de letter h.

'Wil je koffie?' vroeg mevrouw Konstantina terwijl ze haar boodschappen uitpakte en opborg in de keukenkastjes.

'Graag,' zei ik, omdat ik toch niets anders te doen had.

Ik keek toe hoe de vrouw koffie kookte in een piepklein, metalen pannetje en deze vervolgens in twee kleine kopjes goot.

'Kom, kind,' zei ze toen. 'Dan gaan we binnen op de bank zitten.'

'Hoe lang woont u hier al?' vroeg ik uit beleefdheid.

'Al zo'n drieënveertig jaar. Het was het huis van mijn schoonouders, God hebbe hun ziel. Ik ben hier komen wonen toen ik met mijn man trouwde.'

'Heeft u ook kinderen?'

'Een zoon. Hij woont in Amerika.'

'Dan zult u hem niet zo vaak zien, of wel?'

Mevrouw Konstantina schudde haar hoofd. 'Mijn kleinkinderen heb ik nog nooit gezien.'

'Dat spijt me voor u,' mompelde ik en slurpte van de bittere koffie, waar op mijn eigen verzoek maar een klein beetje suiker in zat. Mevrouw Konstantina hield me een schaal met zelfgebakken koekjes voor. Omdat ik het vermoeden had dat Griekse oude vrouwen nog aanhoudender waren dan mijn Nederlandse buurvrouw, koos ik er een uit en stak hem zonder morren in mijn mond.

'Eet maar flink,' luidde mevrouw Konstantina's advies. 'Daar word je sterk van.'

Het was voor het eerst dat een opmerking over eten me niet irriteerde. Sterker nog, ik liet niet na om haar een compliment te maken over de verrukkelijke koekjes. Prompt kreeg ik er natuurlijk nog één.

Op de een of andere manier leek het ijs tussen ons gebroken, misschien wel juist door de koekjes. Alsof ik hier al jaren over de vloer kwam, deed ik mijn schoenen uit en trok mijn ene been onder het andere. Mijn blik viel op het dressoir tegenover me. Er stonden verschillende foto's op uitgestald.

'Staat uw zoon daar ook bij?' vroeg ik.

Mevrouw Konstantina knikte. 'Helemaal links. Hij was toen net uit militaire dienst.'

Ik liep naar het dressoir en tilde de foto op. Er stond een jongen op van een jaar of twintig, met zwart krullend haar. Hij leek sprekend op Barba Jannis, maar dat zei ik niet hardop. Ik wilde niet laten merken dat ik hem kende.

'Hij lijkt op mijn man,' merkte mevrouw Konstantina op. 'Net zo'n dwarskop.'

'O ja?' zei ik terwijl ik weer ging zitten en wachtte tot ze uit zichzelf verdersprak.

'Mijn man houdt erg veel van deze streek. Hij weet er dan ook een hoop vanaf. Al jaren maakt hij zich hard voor behoud van wat hij het culturele erfgoed noemt. Alleen geloven ze hem vaak niet.'

'Wie gelooft hem niet?' vroeg ik geïnteresseerd. Ik kreeg de indruk dat mevrouw Konstantina even schichtig om zich heen keek, in tweestrijd of ze het me zou vertellen of niet. 'Ik zeg het tegen niemand,' beloofde ik om haar aan te moedigen.

'De politie,' zei mevrouw Konstantina zacht, alsof het

ging om een samenzwering. 'En de mensen van de universiteit.'

'Wat zouden die dan moeten geloven?'

'Een paar jaar geleden heeft mijn man iets meegemaakt waar hij nog altijd zeer boos over is.' Mevrouw Konstantina streek vermoeid met een hand over haar gezicht. 'Op een van zijn zoektochten in de buurt van... laten we zeggen een dorp – namen zullen jou toch niet zo veel zeggen – kwamen er plotseling vier auto's met gele nummerborden aan rijden. Er stapten een stuk of tien mensen uit, één Griek en de rest buitenlanders. Mijn man, die het niet vertrouwde, hield hen stiekem in de gaten. Ze liepen kriskras rond en staken af en toe een schep in de grond.'

'En toen?' vroeg ik, zodra mevrouw Konstantina stilviel. Ongemerkt was ik op het puntje van de bank gaan zitten.

'Een van de buitenlanders vond een beeld, een antiek beeld, dat hij lachend in de auto zette. Daarop is mijn man woedend uit zijn schuilplaats te voorschijn gekomen. Hij heeft de man aangesproken, maar de Griek kwam tussenbeide. "Maak dat je wegkomt, opa," snauwde hij.'

'En uw man heeft niks teruggedaan?' zei ik verbijsterd.

'Wat kon hij doen? Hij heeft nog gedreigd dat hij de universiteit zou bellen, maar die ander beweerde dat hij zelf van de universiteit was. Toen de mensen weg waren – ze hadden trouwens een hoop rotzooi achtergelaten en niet eens de kuilen dichtgegooid – is mijn man naar de politie gegaan. Maar ook daar lachten ze hem uit. "Van ons mogen ze al die oude troep meenemen," zei een agent, "dan zijn wij er tenminste vanaf." '

Ik was geschokt en kon me bijna niet voorstellen dat iemand als Stamatakis zo te werk zou gaan. 'Dat was misschien vroeger zo, maar nu gebeurt dat toch zeker niet meer,' wierp ik tegen, zonder mijn rol bij de opgravingen aan te kaarten.

'Laten we het hopen, kind, laten we het hopen.'

Toen pakte mevrouw Konstantina haar breiwerk en ging zwijgend aan het werk.

Maar ik liet haar niet met rust. 'En wat vinden de mensen hier in Naousa daar dan van? Kan het hun niks schelen?'

'Ach, sommigen wel natuurlijk, maar mijn man is wat dat betreft echt een uitzondering. De meeste inwoners hebben de laatste jaren pas interesse gekregen in de geschiedenis van hun streek. Ik weet nog wel dat we vroeger, toen we nauwelijks geld hadden, het dal in reden en bij dergelijke vindplaatsen brokstukken weghaalden. Niemand vond dat jammer. We hadden wel iets anders aan ons hoofd. Mijn man was een van de eersten die vond dat we zuinig moesten zijn op ons verleden, dat we niet alles kapot moesten maken, maar bewaren voor het nageslacht. Hij heeft zelfs in de gemeenteraad gezeten, alleen om geld los te krijgen voor opgravingen, voor een museum. Maar het was allemaal tevergeefs. Later zijn ze gekomen vanuit de universiteit. Toen ze eenmaal Pella en Aeges hadden gevonden, kwam pas belangstelling voor Miëza, voor de School van Aristoteles. Toen het meeste al kapot was.'

'Helpt uw man ook wel eens bij opgravingen?'

Mevrouw Konstantina liet haar breiwerk zakken en lachte zuur. 'Hij werkt op het ogenblik voor zo'n groepje betweters van de universiteit.'

'Maar hij heeft toch juist een hekel aan die lui?'

'Ze hebben hem nooit serieus genomen. Op deze manier kan hij tenminste een oogje in het zeil houden,' beweerde mevrouw Konstantina terwijl haar breipennen weer tegen elkaar tikten.

Dat had ik werkelijk nooit achter die stuurse Barba Jannis gezocht. Maar tijdens het verhaal van zijn vrouw was het me langzamerhand gaan dagen waarom Barba Jannis zich gedroeg zoals hij deed. Terwijl ik nog een koekje nam, groef ik zorgvuldig in mijn geheugen. Allereerst herinnerde ik me de woorden van Andreas tijdens onze wandeling naar het 'Graf van het oordeel'. Andreas had beweerd dat Barba Jannis dingen wist die hij niet aan Stamatakis vertelde. Als hij werkelijk op de hoogte was van belangrijke archeologische vindplaatsen, gaf hij ze kennelijk niet prijs uit angst dat de vondsten zonder toestemming zouden worden meegenomen, zoals toen met dat antieke beeld. En als hij van mening was dat vondsten uit de gemeente moesten worden tentoongesteld in Naousa zelf, zou zelfs de komst van archeologen uit Thessaloniki hem een doorn in het oog zijn, omdat de kans groot was dat die alles wat ze vonden meenamen naar de universiteit.

Ik herinnerde me ook de enige keer dat Barba Jannis mij direct had aangesproken. Ik zal ruim een week in het kamp zijn geweest, toen we gezamenlijk koffiedronken in de 'huiskamer'. De jongens zaten te kletsen over auto's, toen Barba Jannis plotseling aan mij vroeg welke kleur de nummerborden in Nederland hadden.

'Geel met zwarte letters,' had ik gestotterd, overrompeld door het feit dat hij mij zomaar aansprak. Ik had er verder niets achter gezocht, omdat ze nu eenmaal over auto's praatten.

Nu begreep ik dat hij wel degelijk een reden had gehad om me dat te vragen, alleen een andere dan ik toen kon vermoeden. Waarschijnlijk was Barba Jannis er sinds die dag van overtuigd geweest, dat de buitenlanders die indertijd het beeld hadden gestolen Nederlanders waren. En aangezien ik ook uit Nederland kwam, was ik dus bij voorbaat verdacht. Een dag of wat later had ik het eerste briefje op mijn bed gevonden.

Het beeld van Barba Jannis op het bankje in het park kwam me ineens weer voor de geest. Welke rol speelde die Fotis eigenlijk in het verhaal? vroeg ik me af. Die twee waren al jaren bevriend, dus allicht was hij van Barba Jannis' plannen op de hoogte. Ik dwong mezelf echter om mijn fantasie niet op hol te laten slaan en me slechts te richten op de feiten.

Het getik van de breipennen kwam weer op de voorgrond van mijn aandacht. Ik keek naar mevrouw Konstantina. Ze zag er zo vredig uit. Ze moest eens weten, dacht ik.

'Ga je al weg, kind?'

Ik knikte en gaf haar een hand. 'Bedankt voor de koffie.'

'Kom nog eens langs als je zin hebt,' zei mevrouw Konstantina.

'We zullen zien,' antwoordde ik om haar niet in verlegenheid te brengen.

Hoofdstuk 9

Toen ik eindelijk terug was bij het hotel, zat Andreas me op het terras op te wachten.

'Ik weet wie het heeft gedaan,' zei ik zonder inleiding. Ik plofte naast hem neer op een stoel, wiste het zweet van mijn voorhoofd en bestelde iets te drinken.

'Wie dan?' vroeg Andreas ongerust. 'Waar kom je vandaan? Ik zit al zeker een uur op je te wachten.'

Net goed, dacht ik boosaardig. 'Ik heb gepraat met mevrouw Konstantina,' zei ik echter kalm. 'Nu is me alles duidelijk.'

'Mevrouw Konstantina? Wie is dat?' Andreas barstte zo ongeveer van nieuwsgierigheid.

Ik glimlachte. 'Dat is de vrouw van...' Ik nam een grote slok van Andreas' verse sinaasappelsap, voordat ik het antwoord verklapte. 'Barba Jannis,' zei ik toen, alsof het de normaalste zaak van de wereld was.

Andreas veerde op. 'Barba Jannis? Heeft Barba Jannis...?'

Ik knikte. 'Zeer waarschijnlijk wel.'

'Heeft zijn vrouw je dat verteld?'

'Nee, niet met zoveel woorden. Ik heb het uit haar verhaal opgemaakt. Volgens mij wist ze er zelf ook niks vanaf, tenminste niet van die briefjes en zo.'

Toen vertelde ik hem in grote lijnen wat ik te weten was gekomen.

'Maar waarom wil Barba Jannis jou weg hebben?' vroeg Andreas.

'Omdat hij bang voor me is.'

'Bang voor jou?'

'Nou, niet echt bang voor mij, maar wel voor wat ik vertegenwoordig, namelijk Nederland of, beter gezegd, West-Europa.'

'De schoft.'

Ik zei niks. Dat was precies waar ik Barba Jannis in eerste instantie voor had uitgemaakt. Toch had ik ook begrip voor zijn situatie. Zijn bedoelingen waren in wezen goed geweest. Dat hij volkomen ongelijk had wat mij betreft, stond daar los van.

'Als ik jou was,' zei Andreas, 'zou ik alles aan Stamatakis vertellen.'

Onwillekeurig stemde ik niet meteen in met Andreas' voorstel. Een van de verhalen die ooit de ronde hadden gedaan over Alexander de Grote schoot me te binnen. Het was na de slag bij Issos, waar Alexander het Perzische leger voor de tweede maal had verslagen. Darius III, de Perzische koning, was op de vlucht geslagen, zijn vrouw, moeder en kinderen achterlatend in het kamp dat nu in handen was van Alexander. Vervolgens had Darius zijn halve rijk aangeboden aan Alexander, in ruil voor vrede en de terugkeer van zijn gezin. Tijdens een gesprek over dit voorstel zou Parmenion, een van Alexanders meest invloedrijke generaals, hebben gezegd: 'Ik zou het doen, als ik Alexander was.' Waarop Alexander had gereageerd: 'Ik ook, als ik Parmenion was.' Toen had hij het voorstel verworpen en net zo lang doorgevochten totdat hij het hele Perzische Rijk in handen had.

'Nee, ik doe het niet,' zei ik en nam ditmaal een slok van mijn eigen sap. Toen keek ik Andreas recht in zijn ogen. 'Ik ga niet met je mee naar het kamp en ik ga ook Barba Jannis niet verklikken.'

Het was duidelijk dat Andreas van zijn stuk was gebracht. Driftig streek hij zijn loshangende haren naar achteren. 'Maar waarom?' vroeg hij toen. 'Jij hebt toch niks gedaan?'

'Nee, maar ik hoef hier ook niet te wonen en Barba Jannis wel. Als Stamatakis er werk van maakt, komt iedereen in Naousa het te weten.'

'En je vond hem zo'n engerd!'

'Dat vind ik nog steeds. Maar ik heb wel respect voor datgene waarin hij gelooft. Het is jammer dat er niet vaker naar hem wordt geluisterd. En zijn vrouw vind ik trouwens heel aardig. Als Barba Jannis openlijk wordt beschuldigd, dan heeft dat ook invloed op haar. Naousa is wat dat betreft net een groot dorp.'

'Dus jij gaat jezelf opofferen voor zo'n...?' In een wanhopig gebaar tilde Andreas zijn armen de lucht in.

Maar ik was niet te vermurwen en daar stond ik zelf nog het meest versteld van. Blijkbaar kon ik die enorme wilskracht waarmee ik in staat was om te stoppen met eten, ja zelfs met leven, ook aanwenden voor edelere doelen, zoals het innemen van een persoonlijk standpunt. Was dat niet ook Alexanders grote kracht geweest, dat hij had gedurfd een mening te hebben die anders was dan die van anderen? Vanuit zijn idealen en doorzettingsvermogen was hij in staat geweest om een groot deel van de wereld een andere koers te laten varen dan voorheen en blijvende invloed uit te oefenen. Hij had ervoor gezorgd dat de Griekse taal en cultuur werden verspreid door delen van Azië en Europa, een taak die de Romeinen later op zich namen.

'Weet je dat Alexander de Grote de eerste staatsman was die zijn baard afschoor?' vroeg ik.

'Wat heeft hij er nu weer mee te maken?' zei Andreas geërgerd.

'Als je altijd maar hetzelfde als anderen doet, verandert er ook nooit iets.'

'En wie ben jij dan wel, dat je denkt dat je de held moet uithangen?'

Ik haalde mijn schouders op. 'Ik ben Han,' zei ik koppig.

Totdat hij terugging naar het kamp, probeerde Andreas me te overtuigen dat het beter was om alles aan de professor te vertellen. Hoewel de angst om Andreas te verliezen weer tot grote hoogte reikte, hield ik echter voet bij stuk. Bij de auto pakte ik zijn hand. 'Ben je boos?' fluisterde ik.

Toen Andreas zich naar me toe draaide, zag ik dat de lijnen in zijn gezicht zachter werden en zijn ogen weer begonnen te glanzen. Ik nam zijn gezicht tussen mijn handen en kuste het. 'Wat er nu gebeurt heeft niks met ons te maken, oké?' drukte ik hem op het hart.

'Ik zou willen dat je meeging.'

'Dat weet ik.' Toen draaide ik me om en liep resoluut het hotel in.

Die avond kreeg ik onverwacht bezoek. De hoteleigenaar kwam het me zelf vertellen.

'Er is iemand voor je.'

'Andreas?' zei ik verbaasd, want die zou zelf wel op mijn kamerdeur kloppen.

'Nee, een oudere man. Hij zit beneden in de televisiekamer.'

Nieuwsgierig liep ik mee naar beneden.

'Professor!' riep ik verbaasd uit, zodra ik de man had herkend. 'Wat doet u hier?' vroeg ik, ook al kon ik dat zelf wel raden.

'Ik wil graag even met je praten,' zei Stamatakis ernstig. 'Zullen we ergens iets gaan drinken?'

Behoorlijk gespannen zat ik even later tegenover de professor in een café. Ik was bang opnieuw van hem op mijn kop te krijgen, omdat hij nog altijd dacht dat ik het vaasje had gestolen.

'Andreas heeft me verteld wat er is gebeurd,' begon Stamatakis, nadat we een paar minuten hadden zitten babbelen vanachter onze koffie. 'Over Barba Jannis en zo.'

'Wat?' Ik verslikte me en hoestte.

'Gaat het?' vroeg Stamatakis bezorgd.

Ik nam een slok van het water dat samen met de koffie was gebracht. 'Heeft Andreas...?'

De professor gebaarde me te zwijgen. 'Wacht even, voordat je kwaad wordt op Andreas. Hij is niet naar mij toe gekomen. Ik heb hém onder druk gezet, omdat ik het gevoel had dat er iets aan de hand was. Hij weigerde het echter te zeggen, want dat had hij jou beloofd. Toen heb ik net zo lang op hem ingepraat, totdat hij ten slotte toegaf dat jullie weten wie die briefjes en het vaasje bij jouw spullen heeft gelegd.'

'Heeft hij het u verteld?' vroeg ik geschrokken.

Stamatakis boog zich naar voren, daarbij zwaar leunend op het ronde tafeltje. Zijn ogen hield hij strak op mij gericht. 'Je moet één ding niet vergeten,' zei hij op zijn bekende, strenge toon. 'Wat er is voorgevallen, is gebeurd in het kamp dat ík leid. Ik ben verantwoordelijk, niet alleen voor de veiligheid van de studenten, maar ook voor de opgravingen en eventuele vondsten die daarbij aan het licht komen. Daarom vind ik dat ik het recht heb om de waarheid te weten, wat de gevolgen verder ook zullen zijn. Begrijp je wat ik bedoel?'

Ik besefte dat hij gelijk had. 'Goed,' gaf ik toe. 'Ik zal het u vertellen.'

Stamatakis legde even een hand op mijn arm. 'Laat maar,' zei hij vriendelijk. 'Ik weet het al. Andreas reageerde op dezelfde manier als jij.'

'Wat gaat u nu doen?' vroeg ik timide.

'Niks,' zei Stamatakis terwijl hij ontspande en de rest van zijn koffie opdronk.

'Niks?'

'Ik heb heus wel begrip voor jouw opvatting. Als jij Barba Jannis niet wilt aanwijzen als de schuldige, waarom zal ik het dan doen? Ik moet er natuurlijk wel met hem over praten, want zijn manier van handelen was verre van correct. Hij zal zich net zo goed aan politieke afspraken en fatsoensnormen moeten houden als ieder ander, ongeacht wat er zich in het verleden heeft afgespeeld. Als hij vindt dat wij illegaal te werk gaan, zal hij dat ook moeten kunnen aantonen en wel via de officiële weg.'

'Stuurt u hem weg als kok?'

'Zou niet slim zijn. Daar zouden de anderen juist uit kunnen concluderen dat hij degene was die erachter zat, niet?'

Ik knikte. Ineens miste ik Andreas, Elsa en de anderen van het kamp.

'Kom je morgen weer?' vroeg de professor toen.

'Graag,' zei ik lachend.

Opnieuw bracht Stamatakis zijn gezicht dichter bij het mijne. 'Dan kun je nog wat oefenen voor als je later archeologie gaat studeren.'

Ik voelde hoe het bloed naar mijn wangen steeg. 'Dus u weet dat ik niet op de universiteit zit?'

'Tuurlijk. Vanaf het eerste moment. Toen ik je vroeg of je professor Rikskes kende, zei je ja. Maar Kurt Rikskes doceert in Berlijn en niet in Leiden.'

'Waarom heeft u niks gezegd?'

'Omdat ik geen reden zag om je weg te sturen. Jullie zagen er zo verliefd uit. Ik kon het gewoon niet over mijn hart verkrijgen om jullie uit elkaar te halen.'

'Maar ik was helemaal niet verliefd!' wierp ik tegen.

De professor keek me met een schuin hoofd aan. 'Maak dat de kat wijs, jongedame,' antwoordde hij slechts.

Ik glimlachte en roerde nodeloos in mijn lege kopje.

'En later wilde ik je niet wegsturen,' ging de professor verder, 'omdat ik je gewoon een kei van een meid vind. Je werkt hard, denkt na over dingen en laat je gevoel spreken als dat nodig is. Ik hoop van harte dat je mijn raad opvolgt en hiermee doorgaat.'

'Mag ik u iets vragen?' zei ik, toen ik zijn woorden tot me had laten doordringen. 'Hoe oud zijn uw kinderen eigenlijk?'

'Net iets ouder dan jij.'

Verlegen draaide ik mijn kopje rond op het schoteltje. 'Dan zullen ze wel trots op u zijn,' mompelde ik.

Alleen zijn met Stamatakis, zonder de rest van het kamp, bleek net zo vreemd te zijn als alleen zijn met mijn vader, zonder mijn moeder en zussen erbij. Eenzelfde soort ongemakkelijke stilte hing tussen ons in telkens wanneer we zwegen. Tegelijkertijd genoot ik van zijn aanwezigheid en vond ik het fijn om met hem te praten. En net als aan mijn vader, wilde ik mezelf zo graag tonen zoals ik nu was geworden. Niet meer het meisje van vroeger, maar iemand met een eigen mening, met eigen ambities en behoeften en, niet te vergeten, met een eigen vriend. Als ik dat allemaal aan Stamatakis durfde te laten zien, zoals nu, dan zou het misschien bij mijn eigen vader ook gaan lukken.

We spraken af dat ik die nacht in het hotel bleef slapen, zodat Stamatakis de groep kon uitleggen dat ik helemaal niets met de diefstal te maken had. De volgende ochtend zou ik terugkeren in het kamp en nog een paar dagen meewerken.

'Hebben jullie trouwens nog iets interessants gevonden?' vroeg ik, toen we samen terugliepen naar het hotel.

'Nee, we zijn hier zo goed als klaar. Ik denk dat we vanaf maandag nog een maand ergens anders in Miëza gaan graven.'

'Wie weet vindt u dan een echte schat, zoals in Aeges.'

'Ach,' zei Stamatakis peinzend, 'ik denk dat iedere archeoloog stiekem hoopt ooit iets opzienbarends te vinden, maar helaas is dat maar voor weinig mensen weggelegd. De meesten doen hun hele leven routinewerk of knappen de fouten op van hun voorgangers. De eer van een site staat vaak op naam van een enkel individu, hoewel in werkelijkheid tientallen mensen hun steentje eraan hebben bijgedragen.'

'Waarom graven hier in Miëza eigenlijk niet meer archeologen?' vroeg ik. 'Er is volgens mij nog genoeg te doen.'

'Geldgebrek,' legde de professor uit. 'Opgravingen zijn heel duur. Zelfs als je ze doet met studenten en in tenten kampeert.'

Stamatakis stapte in zijn auto. 'Welterusten, Han,' wenste hij me toe en het was voor het eerst dat hij me met mijn echte naam aansprak.

'Dank u wel,' zei ik om meerdere redenen.

'Ik zal Andreas de groeten van je doen!' schreeuwde hij nog door het opengedraaide raampje.

Ik wachtte totdat de auto de straat uit was.

'Morgen vertrek ik weer,' zei ik even later glunderend tegen de hoteleigenaar en huppelde de trap op.

Ik werd zo ongeveer met open armen ontvangen. Zodra ik mijn rugzak van me af had gegooid, omhelsde ik Elsa, die meteen naar me toe was komen rennen.

'Ik was zo blij toen ik hoorde dat je er niks mee te maken had,' bekende ze.

Arm in arm liepen we naar de 'huiskamer', waar alle kampleden bij elkaar zaten om koffie te drinken. Om beurten gaven ze me een hand en lieten ze merken dat ik welkom was.

'Je bent te laat op je werk, juffrouw,' foeterde Babis.

'Sorry, maar eerder ging er geen bus,' zei ik lachend.

'Koffie?' vroeg Petros.

'Graag.'

Ik kroop op de stoel naast Andreas, die ze speciaal voor mij hadden vrij gelaten. Omdat ik me niet goed raad wist met alle aardige opmerkingen, zocht mijn hand onder de tafel Andreas' been. Ik kneep erin van pure blijdschap.

Was dit geluk? De vreugde van het moment waarop ik mezelf toestond om te zijn zoals ik was, met al mijn onzekerheden en eigenaardigheden, mijn behoeften en ambities, mijn talenten en tekortkomingen? Of was het de vreugde dat ik dit alles kon blijven voelen in het bijzijn van anderen zonder me, letterlijk of alleen in mijn geest, van hen af te zonderen?

Blijkbaar konden mijn gevoelens en opvattingen naast die van andere mensen bestaan, op gelijkwaardig niveau. De ruimte tussen alles en niets, tussen sympathiek en onsympathiek, tussen volmaakt en waardeloos werd door het toestaan van mijn eigen gevoelens opgevuld, waardoor ik alles in de wereld naar believen een plek kon geven op een glijdende schaal. De verdraaiing van de wereld had ik voortaan zelf in de hand.

Mijn ik groeide.

Van nu af aan kon ik trots zijn op andere dingen dan niet-eten.

Maag, mager, maagd, mag 't?

Mijn geluksgevoel kreeg nog meer kleur toen we die avond aan tafel gingen en Barba Jannis de borden uitdeelde. Hij had vlees geroosterd op smeulende kolen. Het water liep me in de mond, zo verrukkelijk rook het.

'Alsjeblieft,' zei Barba Jannis binnensmonds en zette een bord voor me neer. Behalve een enorme berg vlees lag er rijkelijk salade op met erbovenop een homp brood. Vanonder mijn wimpers keek ik nieuwsgierig naar de andere borden en constateerde dat ik een dubbele portie had gekregen.

'Zij heeft veel meer dan ik,' bromde Sakis verontwaardigd.

Alle blikken gingen natuurlijk meteen in de richting van mijn bord.

'Zij moet er nog van groeien,' zei Barba Jannis gedecideerd, waarmee hij iedereen de mond snoerde.

Als blijk van waardering at ik mijn bord helemaal leeg.

Hoofdstuk 10

Mijn laatste werkdag in het kamp was bijna ten einde. De volgende dag, zaterdag, hadden Andreas en ik vrij gekregen om samen ergens naartoe te gaan. De avond voorafgaand aan mijn vertrek zouden we met ons allen gaan uiteten in een taverne in Naousa.

'Nog maar twee dagen,' zei Elsa terwijl we onze handen wasten. Ze hield de jerrycan omhoog en goot het door de zon opgewarmde water over mijn ingezeepte handen.

'En dan is er weer koud stromend water,' zei ik quasi-opgewekt, ook al voelde haar opmerking meer als een trap in mijn buik.

'Hoe vind je het om weer naar huis te gaan?' vroeg Elsa.

'Klote,' antwoordde ik.

'Ik zal je mijn adres geven,' bood Elsa aan. 'Dan kun je af en toe eens bij me uithuilen.'

'Dank je,' zei ik. Het ontroerde me dat Elsa onze vriendschap niet liet afhangen van mijn relatie met Andreas. Ik legde een natte arm om haar heen. 'Ik heb ooit een vriendin gehad,' vertelde ik op weg naar de tent, 'een vriendin van wie ik heel veel hield en jij lijkt op haar.'

Elsa gaf me een zoen op mijn mond. 'Je bent een lieverd. Ook al begrijp ik nog steeds niet hoe ons vaasje tussen jouw spullen terechtgekomen is.'

'Denk je heus dat ik...?' zei ik angstig.

'Nee, nee, nee, maar ik denk dat Stamatakis en jij de waarheid weten en die ons niet willen vertellen. Klopt dat?'

Ik kon niet tegen haar liegen en knikte aarzelend, bang voor de reactie.

Elsa liep echter rustig verder. 'Dat is alles wat ik wilde weten,' zei ze, en daar liet ze het bij.

Nu het afscheid zienderogen dichterbij kwam, groeide tussen Andreas en mij een onuitgesproken spanning, alsof we niet goed raad wisten met elkaar. Tegelijkertijd zochten we elkaar elke vrije minuut op. Zodra we hadden geluncht, lieten we de groep alleen en wandelden naar Kopanos, waar we bij een kiosk een liter vers aardbeiensap kochten. Om beurten dronken we uit het pak, dat zo goed als leeg was toen we het kamp weer in zicht kregen.

'Zullen we nog een eindje doorlopen?' stelde ik voor. 'We hebben tijd zat.'

Andreas had geen bezwaar. Dus lieten we de lege sapdoos tijdelijk achter in de bocht richting het kamp en slenterden verder over de heuvelige weg, die uitkwam bij de School van Aristoteles. Hier en daar lagen resten van eerdere opgravingen zomaar in het veld – stukjes aardewerk die kennelijk niemand de moeite waard had gevonden om op te rapen.

Ik vroeg me af hoe het zou zijn om thuis te komen, om mijn ouders weer te zien en Freek en Jet. Zou ik ook daar mijn nieuwe ik kunnen blijven voelen of zou ik weer terugglijden in het oude patroon? En hoe zou het straks gaan op school? Ik ging een zwaar jaar tegemoet, waarin ik hard moest blokken voor mijn eindexamen. Ik zuchtte en realiseerde me dat een andere vraag me meer kwelde dan alle andere.

'Wanneer zie ik je weer?' vroeg ik toen ik het niet meer uithield.

'Ik weet het niet,' fluisterde Andreas.

'Waarom kom je in de kerstvakantie niet naar Nederland?' opperde ik.

Andreas haalde zijn schouders op.

'Wil je soms niet?' zei ik argwanend, ook al wist ik best wat zijn probleem was. Maar ik móést het van hemzelf horen. Ik wilde zeker weten dat hij onze vriendschap niet beschouwde als een eenmalige zomerliefde die met het invallen van de herfst onmiddellijk over zou zijn. 'Nou?'

'Natuurlijk wil ik wel,' antwoordde Andreas gekwetst.

Het viel me plotseling op dat hij er moe uitzag, met donkere kringen onder zijn ogen.

'Dus het is niet voorbij als ik overmorgen wegga?'

Andreas greep me stevig vast, alsof hij geen andere manier wist om het me duidelijk te maken. 'Dringt het nou nog steeds niet tot je door dat ik hartstikke verliefd op je ben?' zei hij bijna boos.

'O ja?' zei ik schaapachtig, omdat ik niks beters wist te verzinnen.

'Ja,' zei Andreas, pissig nu.

Ditmaal was het mijn beurt om sorry te zeggen. 'Ik wilde het gewoon zeker weten,' voegde ik er nog aan toe.

'Soms vraag ik me eigenlijk meer af wat jij met mij wil,' kaatste Andreas terug. 'De ene keer mag ik heel dichtbij je komen en de andere keer houd je me op afstand.'

Ik hapte naar adem, vanwege de onverwachte aanval. Ik ben Han, zei ik een paar keer tegen mezelf. Nu moest ik me niet terugtrekken, maar eerlijk tegen hem zijn! 'Ja,' zei ik toen hardop, 'je hebt gelijk.'

Een trieste glimlach gleed over Andreas' gezicht.

Plotseling had ik de behoefte om hem iets te bekennen. 'Weet je nog dat we samen onder aan de Akropolis stonden en het hadden over het Parthenon? Jij zei toen dat het gebouw de illusie van volmaaktheid wekt. Ik denk dat ik zelf ook lang heb gezocht naar volmaaktheid, in mezelf en in anderen. Maar die bestaat niet,' fluisterde ik, 'en dat vind ik moeilijk.'

We passeerden een heuveltje dat een meter of twee boven het landschap uitstak. Om de ongemakkelijke sfeer te doorbreken, hield ik mijn pas in en klom naar boven. In mijn beste Oudgrieks droeg ik een stuk voor uit de *Ilias*, keurig gescandeerd zoals meneer Sjo het me altijd had voorgedaan.

Aan het eind van mijn voordracht keek ik verwachtingsvol naar Andreas. 'En?' zei ik tegen hem.

'Wat was dat voor een taal?' vroeg hij voorzichtig. 'Nederlands?'

'Nee! Grieks natuurlijk. Ik bedoel, zo heb ik het op school geleerd.'

'Maar zo spraken de oude Grieken helemaal niet.'

Ik voelde me vreselijk opgelaten, vooral omdat ik werd verbeterd. 'Hoe dan wel?' vroeg ik en ik hoorde zelf hoe agressief mijn stem klonk.

Andreas gebaarde me naar beneden te komen, zodat hij mijn plaats kon innemen. Toen ik echter mijn voet wilde verzetten, zakte deze plotseling weg. Ik wankelde en ging bijna onderuit.

'Gaat het?' vroeg Andreas, die met een paar passen naast me stond.

'Ik ben, geloof ik, in een konijnenhol getrapt,' zei ik ongemakkelijk. Inmiddels had ik mijn voet weer bevrijd en wilde het heuveltje af lopen.

'Wacht eens,' zei Andreas, die op zijn hurken het konijnenhol bestudeerde. Met zijn vingers wroette hij voorzichtig in de stugge, droge grond.

'Wat is er?' vroeg ik.

'Vreemd,' mompelde Andreas, die meer en meer aarde omhoog haalde en opzij schoof, 'dit lijkt niet echt op het hol van een dier. Toch heb ik het idee dat er iets onder zit.'

Op dat moment realiseerde ik me wat Andreas bedoelde en begon hem te helpen met graven. Nadat we zo'n veertig centimeter aarde hadden verwijderd, voelde ik ineens iets hards onder mijn vingers. We probeerden het rondom vrij te maken, maar daarvoor was het waarschijnlijk te groot.

'Heb je je zaklantaarn niet bij je?' vroeg ik hees van spanning.

Andreas haalde een kleine zaklantaarn uit zijn broekzak en scheen de kuil in. Half over elkaar heen gebogen zagen we een stuk steen. Andreas spuugde op zijn vingers en probeerde de steen schoon te vegen. Langzaam kwamen er vage patronen te voorschijn, in rood en blauw. De steen zelf was vuilwit van kleur.

Andreas trok zijn arm terug. 'Mijn god,' stamelde hij.

Ik slikte.

Toen we uiteindelijk overeind wilden komen, was het Andreas die zijn evenwicht verloor. Ik stak een arm uit om hem tegen te houden, maar in plaats daarvan trok hij me mee en rolden we samen het heuveltje af. Andreas was als eerste beneden. Ik botste bovenop hem. Giechelend bleven we liggen, stijf tegen elkaar aan.

Ik weet niet wat me bezielde, maar plotseling had ik enorm veel zin om te vrijen. Ik snoof de zware zomergeur op en legde een vieze hand in Andreas' nek. Andreas deed niks. Ik had hem onzeker gemaakt, besefte ik. Alles hing nu van mij af. Voorzichtig zoende ik hem op zijn mond, zijn neus, zijn wangen, zijn glanzende ogen, net zo lang tot ook hij begon te bewegen. Een hand op mijn rug, een hand door mijn haren, zoenen in mijn hals. Onze blote benen strengelden zich in elkaar. Alle terughoudendheid leek uit me weg te vloeien. Een zucht ontsnapte uit mijn mond, maar het kon me niet schelen. Want hij wilde mij en mij alleen.

'Wie zou hier begraven liggen?' fluisterde Andreas toen in mijn oor.

'Misschien wel een koning,' zei ik. 'Met een echte schat.'

'Nu je het toch over koningen hebt – herinner je je nog graf II in het museum van Aeges, met die mooie jachtfresco erop? Ik vertelde je toch dat er archeologen zijn die niet geloven dat dat het graf is van Philippos II. Zij beweren dat de botten in de grote gouden larnaka van een andere koning afkomstig zijn.'

'O ja? Van wie dan?' vroeg ik nieuwsgierig.

Met een overdreven gebaar streek Andreas door zijn haren en trok er een triomfantelijk gezicht bij. 'Van jouw Alexander.'

Ik negeerde de insinuatie, zo onthutst was ik. 'Eerlijk waar?'

Andreas glimlachte.

'Waarom heb je me dat niet eerder verteld?' zei ik verontwaardigd.

'Dan had ik je dat museum nooit uit gekregen,' antwoordde Andreas plagerig.

'Maar ik begrijp het niet,' ging ik verder. 'Hoe weet je...'

'Toen jij in Naousa was, liet Stamatakis me een tijdschrift zien met een artikel over dit onderwerp. De schrijver zegt dat in 274 voor Christus graf II en graf III zijn geplunderd door Pyrrhos, de koning van Epiros, samen met de Galaten. Zij hebben de grafgeschenken meegeroofd en de botten op de grond gegooid. Later heeft Antigonos Gonatas, toen hij aan de macht was in Macedonië, graf II laten opknappen en er de overblijfselen van het lichaam van Alexander de Grote in herbegraven.'

Hoewel ik niet kon beoordelen of deze theorie waar was, wilde ik hem natuurlijk maar wat graag geloven. Het idee alleen al dat Alexander de Grote werkelijk in Macedonië lag begraven, gaf mijn aanwezigheid hier nog een extra dimensie.

Andreas streelde mijn wenkbrauwen. 'Zie je mij al in zo'n mooi harnas, met een korte jurk eronder en een helm met lange veren?' vroeg hij.

Ik grinnikte. 'Zou je niet misstaan,' zei ik. 'Alleen heet jij geen Alexander.'

'Doe je toch net alsof. Dan was jij de mooie Roxane. En wij samen waren...'

De laatste woorden werden gesmoord in een hartstochtelijke zoen, die me evenzeer overviel als hetgeen hij had gezegd. Wat wist Andreas af van mijn geheime fantasieën? Zou ik soms niet de enige zijn? vroeg ik me geamuseerd af.

'Even stoppen,' hijgde Andreas, toen de grens van ophouden of helemaal doorgaan was bereikt. Voorzichtig wurmde hij zich onder mij vandaan. 'Laten we eerst gaan vertellen wat we hebben ontdekt.'

'Oké,' zei ik met tegenzin.

Daarop trokken we onze kleren recht en sprintten terug naar het kamp, waar de anderen verbaasd opkeken toen Andreas met horten en stoten het nieuws vertelde.

'Eerlijk waar?' zei professor Stamatakis, mij met zijn ogen om bevestiging vragend.

Ik knikte en probeerde te herhalen wat Andreas zojuist had verteld. Maar door de opwinding gooide ik Nederlandse, Engelse en Griekse woorden door elkaar. Volgens mij was er geen touw aan vast te knopen. Toch stond iedereen met open mond naar me te staren. Ik denk omdat, ondanks het onverstaanbare gebrabbel, mijn hele lichaam sprak over het juichgevoel dat ik vanbinnen had. Alles aan me straalde, want ik had eindelijk gevonden wat zo lang verborgen was geweest.

GERAADPLEEGDE LITERATUUR

Artikelen:

Abbingh, G.R. e.a. (1993). Archeologie in Noord-Griekenland. *Lychnari*, januari, pag.19-21.

Gialouris, N. (1998). Alexander de Grote en zijn erfgenamen. *Archeologie en Kunsten*, december, pag.34-44, (in het Grieks).

Loon, v. W. (1992). Griekenland en de kwestie Macedonië; het Griekse gelijk. *Lychnari*, oktober, pag.10-14.

Papazois, T. (2000). De identiteit van de doden in de koninklijke graven van Vergina. *Archeologie en Kunsten*, juni, pag.65-68, (in het Grieks).

Papazois, T. (2001). Het harnas en het zwaard van Vergina en hun relatie met de identiteit van de dode koning uit graf II (deel 1). *Archeologie en Kunsten*, maart, pag.82-86, (in het Grieks).

Papazois, T. (2001). Het harnas en het zwaard van Vergina en hun relatie met de identiteit van de dode koning uit graf II (deel 2). *Archeologie en Kunsten*, juni, pag.52-57, (in het Grieks).

Valsamidis, E. (1992). Kennismaking met de oudheden van Naousa. Publicatie in eigen beheer, (in het Grieks).

Valsamidis, E. (1995). Pevkestas de Mieziet en het graf van Kriseos; de begraafplaats van Alexander de Grote. Publicatie in eigen beheer, (in het Grieks).

Boeken:

Andronikos, M. (1999). *De kroniek van Vergina*. Athene: Pedagogische Stichting Nationale Bank van Griekenland, (in het Grieks).

Briant, P. (1987). *De wereld van Alexander de Grote*. Houten: Fibula.

Campbell, J. (1990). *Mythen en bewustzijn; de kracht van de mythologische verbeelding*. Houten: De Haan.

Campbell, J. (1973). *The hero with a thousand faces*. Princeton: University Press.

Cleremont de Castillejo, I. (1973). *Eva begrijpen; een vrouwelijke psychologie*. Rotterdam: Lemniscaat.

Drougou, S. e.a. (2000). *Vergina; rondwandelend over de archeologische site*. Athene: Ministerie van Cultuur, (in het Grieks).

Dubin, M. (1998). *Griekenland; Athene en het vasteland*. Houten: Van Reemst.

Eliot, A. e.a. (1977). *Mythen van de mensheid*. Amsterdam: Kosmos.

Gestel, J. van (red.). (1994). *Griekenland: tempels, graven en schatten*. Amsterdam: Time Life.

Hardenbol, I. (1989). *Een oud verhaal in een nieuwe jas; de mythe als hulpmiddel binnen psychotherapie*. Nijmegen: doctoraalscriptie psychologie.

Hillman, J. (onbekend). *Verraad en verlangen; beelden uit de archetypische psychologie*. Rotterdam: Lemniscaat.

Holleman, T. (2000). *Nederland in de prehistorie; een archeologische zoektocht*. Hilversum: TeleacNOT.

Kavafis, K. (2000). *De gedichten (1897-1918)*. Plaatsnaam onbekend: Ikaros, (in het Grieks).

Knox, B. (1996). *De oudste, dode, blanke Europeanen; de nalatenschap van de Grieken*. Baarn: Ambo.

Lane Fox, R. (1993). *Alexander de Grote*. Amsterdam: Agon.

Leonard, L. (1982). *Gekwetste vrouw; het genezen van de vader-dochterrelatie*. Rotterdam: Lemniscaat.

Mercer, C. e.a. (1962). *Alexander de Grote*. Den Haag: W. Gaade.

Miller, A. (1981). *Het drama van het begaafde kind; een studie over het narcisme*. Weesp: Het Wereldvenster.

Plutarchus. (1999). *Het leven van Alexander*. Leeuwarden: Chaironeia.

Pugliese Carratelli, G. (1996). *The Western Greeks*. Plaatsnaam onbekend: Bompiani.

Renault, M. (1984). *The Alexander Trilogy*. Londen: Penguin Books.

Renault, M. (2001). *The Nature of Alexander the Great*. Londen: Penguin Books.

Romiopoulou, K. (1997). *Levkadia; Antiek Miëza*. Athene: Ministerie van Cultuur, (in het Grieks).

Shinoda Bolen, J. (1984). *Godinnen in elke vrouw; een nieuwe psychologie van de vrouw*. Rotterdam: Lemniscaat.

Siganidou, M. (1997). *Pella; hoofdstad van de Macedoniërs*. Athene: Ministerie van Cultuur, (in het Grieks).

Stierlin, H. (2001). *Griekenland; van Mycene tot Parthenon*. Keulen: Taschen.

Sijs, v.d. N. e.a. (2000). *Nota bene; de invloed van het Latijn en Grieks op het Nederlands*. Utrecht: Sdu.

Theodorou, L. (2001). *Macedonië; op de voetpaden van goden en mensen*. Athene: Kaleidoskopio, (in het Grieks).

Theodorou, L. e.a. (1993). *Vergina; schatten, mythen en geschiedenis van het Macedonische land*. Athene: Ammos, (in het Grieks).

Touratsoglou, J. (1999). *Macedonië; geschiedenis - monumenten — musea*. Athene: Athenon, (in het Grieks).

Valk, de G. (1985). *'We hadden geen kind aan haar'; een studie over anorexia nervosa*. Groningen: doctoraalscriptie andragogiek.

Vandenberg, P. (1984). *Het verzonken Hellas; een ontdekkingsreis door het Griekenland van de Oudheid*. Amsterdam: Elsevier.

Vokotopoulou, I. (1996). *Gids van het Archeologisch Museum van Thessaloniki*. Athene: Kapon, (in het Grieks).

Vries, de T. (1999). *De wilde vrouwen van Pella*. Amsterdam: Querido.

Zarambouka, S. (1993). *Alexander de Grote*. Athene: Kedros, (in het Grieks).
Zwart, A.H. (red.). (1977). *De oude Grieken*. Rotterdam: Lekturama.